雅典文化

超實用的基礎韓語

MP3 輕鬆學

U0088396

利用基礎文法
詞彙立即溝通

使用簡易拼音
即可朗朗上口

韓研所 企編

韓文字是由基本母音、基本子音、複合母音、氣音和硬音所構成。

其組合方式有以下幾種：

1. 子音加母音，例如：저(我)
2. 子音加母音加子音，例如：밤（夜晚）
3. 子音加複合母音，例如：위（上）
4. 子音加複合母音加子音，例如：관（官）
5. 一個子音加母音加兩個子音，如：값（價錢）

簡易拼音使用方式：

1. 為了讓讀者更容易學習發音，本書特別使用「簡易拼音」來取代一般的羅馬拼音。
   規則如下，
   例如：
   그러면 우리 집에서 저녁을 먹자.
   geu.reo.myeon/u.ri/ji.be.seo/jeo.nyeo.geul/meok.jja
   ----------普遍拼音
   geu.ro*.myo*n/u.ri/ji.be.so*/jo*.nyo*.geul/mo*k.jja
   ----------簡易拼音
   那麼，我們在家裡吃晚餐吧！

   文字之間的空格以「/」做區隔。
   不同的句子之間以「//」做區隔。

基本母音：

	韓國拼音	簡易拼音	注音符號
ㅏ	a	a	ㄚ
ㅑ	ya	ya	一ㄚ
ㅓ	eo	o*	ㄛ
ㅕ	yeo	yo*	一ㄛ
ㅗ	o	o	ㄡ
ㅛ	yo	yo	一ㄡ
ㅜ	u	u	ㄨ
ㅠ	yu	yu	一ㄨ
ㅡ	eu	eu	(ㄜ)
ㅣ	i	i	一

特別提示：

1. 韓語母音「ㅡ」的發音和「ㄜ」發音類似，但是嘴型要拉開，牙齒要咬住，才發的準。
2. 韓語母音「ㅓ」的嘴型比「ㅗ」還要大，整個嘴型要張開成「大O」的形狀，
   「ㅗ」的嘴型則較小，整個嘴巴縮小到只有「小o」的嘴型，類似注音「ㄡ」。
3. 韓語母音「ㅕ」的嘴型比「ㅛ」還要大，整個嘴巴要張開成「大O」的形狀，
   類似注音「一ㄛ」，「ㅛ」的嘴型則較小，整個嘴巴縮小到只有「小o」的嘴型，類似注音「一ㄡ」。

基本子音：

	韓國拼音	簡易拼音	注音符號
ㄱ	g,k	k	ㄎ
ㄴ	n	n	ㄋ
ㄷ	d,t	d,t	ㄊ
ㄹ	r,l	l	ㄌ
ㅁ	m	m	ㄇ
ㅂ	b,p	p	ㄆ
ㅅ	s	s	ㄙ,(ㄒ)
ㅇ	ng	ng	不發音
ㅈ	j	j	ㄗ
ㅊ	ch	ch	ㄘ

特別提示：

1. 韓語子音「ㅅ」有時讀作「ㄙ」的音，有時則讀作「ㄒ」的音。「ㄒ」音是跟母音「ㅣ」搭在一塊時，才會出現。
2. 韓語子音「ㅇ」放在前面或上面不發音；放在下面則讀作「ng」的音，像是用鼻音發「嗯」的音。
3. 韓語子音「ㅈ」的發音和注音「ㄗ」類似，但是發音的時候更輕，氣更弱一些。

氣音：

	韓國拼音	簡易拼音	注音符號
ㅋ	k	k	ㄎ
ㅌ	t	t	ㄊ
ㅍ	p	p	ㄆ
ㅎ	h	h	ㄏ

特別提示:

1. 韓語子音「ㅋ」比「ㄱ」的較重，有用到喉頭的音，音調類似國語的四聲。
   ㅋ＝ㄱ＋ㅎ
2. 韓語子音「ㅌ」比「ㄷ」的較重，有用到喉頭的音，音調類似國語的四聲。
   ㅌ＝ㄷ＋ㅎ
3. 韓語子音「ㅍ」比「ㅂ」的較重，有用到喉頭的音，音調類似國語的四聲。
   ㅍ＝ㅂ＋ㅎ

複合母音：

	韓國拼音	簡易拼音	注音符號
ㅐ	ae	e*	ㄝ
ㅒ	yae	ye*	ㄧㄝ
ㅔ	e	e	ㄟ
ㅖ	ye	ye	ㄧㄟ
ㅘ	wa	wa	ㄨㄚ
ㅙ	wae	we*	ㄨㄝ
ㅚ	oe	we	ㄨㄟ
ㅞ	we	we	ㄨㄟ
ㅝ	wo	wo	ㄨㄛ
ㅟ	wi	wi	ㄨㄧ
ㅢ	ui	ui	ㄜㄧ

特別提示：

1. 韓語母音「ㅐ」比「ㅔ」的嘴型大，舌頭的位置比較下面，發音類似「ae」；「ㅔ」的嘴型較小，舌頭的位置在中間，發音類似「e」。不過一般韓國人讀這兩個發音都很像。

2. 韓語母音「ㅒ」比「ㅖ」的嘴型大，舌頭的位置比較下面，發音類似「yae」；「ㅖ」的嘴型較小，舌頭的位置在中間，發音類似「ye」。不過很多韓國人讀這兩個發音都很像。

3. 韓語母音「ㅚ」和「ㅞ」比「ㅙ」的嘴型小些，「ㅙ」的嘴型是圓的；「ㅚ」、「ㅞ」則是一樣的發音。不過很多韓國人讀這三個發音都很像，都是發類似「we」的音。

硬音：

	韓國拼音	簡易拼音	注音符號
ㄲ	kk	g	ㄍ
ㄸ	tt	d	ㄉ
ㅃ	pp	b	ㄅ
ㅆ	ss	ss	ㄙ
ㅉ	jj	jj	ㄗ

特別提示：

1. 韓語子音「ㅆ」比「ㅅ」用喉嚨發重音，音調類似國語的四聲。
2. 韓語子音「ㅉ」比「ㅈ」用喉嚨發重音，音調類似國語的四聲。

*表示嘴型比較大

序　言：

　　初學韓文者，多半不知道自己該從哪裡開始學習，不但希望自己可以學到基礎的會話能力，也希望能立即將所學應用在日常生活中。近來台灣掀起一陣韓文風潮，韓文學習書籍也日益增多，不過市面上的韓語學習書，內容幾乎大同小異。然而，這本「超實用的基礎韓語輕鬆學」，就是讓我們學習如何利用「基礎」的文法、單字，拼出一句流利的會話。讀者應用本書的基礎文法與詞彙，必定可以更輕易地讓他人理解自己所要表達的意思。

　　在本書中，列舉了韓語中常用的基礎文法與詞彙，詳述用法、使用場合，再舉出會話實例、常用句子，讓讀者更能應用在會話上。除此之外，本書使用簡易拼音，讓讀者更容易朗朗上口，並且配合外籍教師發音MP3，經過反覆的聆聽來習慣韓語的語調；並跟隨朗讀，讓自己的發音表達更精確，相信讀過本書之後，不管在任何時刻、何種場合，或是在旅遊或生活上需要用韓語溝通的時刻，都可以輕鬆地使用韓語來表達自我。

Chapter 1 生活用語篇

안녕하세요.
an.nyo*ng.ha.se.yo
您好。／你好。 ………………………………… 039

죄송합니다.
jwe.song.ham.ni.da
對不起。 …………………………………………… 040

좋은 아침.
jo.eun/a.chim
早安。 ……………………………………………… 041

그동안 잘 지냈어요?
keu.tong.an/jal/ji.ne*.sso.yo
近來好嗎？ ………………………………………… 042

잘 자요.
jal/jja.yo
晚安。 ……………………………………………… 043

감사합니다.
gam.sa.ham.ni.da
謝謝。 ……………………………………………… 044

미안해요.
mi.a.ne*.yo
對不起。 …………………………………………… 045

잘 먹겠습니다.
jal/mo*k.get.sseum.ni.da
開動了。 …………………………………………… 046

다녀오겠습니다.
da.nyo*.o.get.sseum.ni.da
我要出門了。 ……………………………………… 047

조심히 다녀와요.
jo.si.mi/da.nyo*.wa.yo
小心請慢走。 ……………………………………… 048

다녀왔어요.
da.nyo*.wa.sso*.yo
我回來了。 ………………………………………… 049

어서 와요.
o*.so*/wa.yo
歡迎回來。 050

다음에 보자!
ta.eu.me/bo.ja
下次見。 051

수고하셨어요.
su.go.ha.syo*.sso*.yo
辛苦了。 052

어서 오세요!
o*.so*/o.se.yo
歡迎光臨。 053

…(으)세요.
(eu)se.yo
請…。 054

고마워요.
go.ma.wo.yo
謝謝。 055

반갑습니다.
ban.gap.sseum.ni.da
很高興。 056

여보세요.
yo*.bo.se.yo
喂? 057

괜찮아요.
gwe*n.cha.na.yo
沒關係。 058

당연하지요.
dang.yo*n.ha.ji.yo
那當然！ 059

잘 부탁해요.
jal/ bu.ta.ke*.yo
拜託你了。 060

실례지만
sil.lye.ji.man
請問…。 ··· 061

저는……입니다.
jo*.neun/……/im.ni.da
我是…… ··· 062

이거 얼마예요?
i.go*/ o*l.ma.ye.yo
這個多少錢？ ·· 063

모르겠어요.
mo.reu.ge.sso*.yo
不知道。 ·· 064

알겠어요.
al.ge.sso*.yo
知道了。／明白了。 ··· 065

어떡하지요?
o*.do*.ka.ji.yo
怎麼辦？ ·· 066

잠시만요.
jam.si.ma.nyo
請稍等。 ·· 067

됐어요.
dwe*.sso*.yo
可以了。／算了。 ··· 068

덕분에.
do*k.bu.ne
託福。 ·· 069

천만에요.
cho*n.ma.ne.yo
不客氣。 ·· 070

안녕히 가세요.
an.nyo*ng.hi/ga.se.yo
再見。 ·· 071

Chapter 2 發語答腔篇

네 / 아니요.
ne//a.ni.yo
是。／不是。 073

그래도.
geu.re*.do
還是要。 074

그래서.
geu.re*.so*
所以。 075

하지만.
ha.ji.man
但是。 076

그런데.
geu.ro*n.de
然而。／可是。 077

그리고.
geu.ri.go
而且。 078

어쨌든.
o*.jje*t.deun
無論如何。 079

그러면.
geu.ro*.myo*n
那麼。 080

그러니까.
geu.ro*.ni.ga
因此。 081

왜냐하면.
we*.nya.ha.myo*n
因為。 082

(으)면.
(eu)myo*n
如果。 083

그럼.
geu.ro*m
那麼。 084

그냥 그래요.
geu.nyang/geu.re*.yo
還好。 085

설마.
so*l.ma
難道。 086

그런 일 없어요.
geu.ro*n/il/o*p.sso*.yo
沒這種事。 087

그렇군요.
geu.ro*.ku.nyo
原來如此。 088

뭐라고요?
mwo.ra.go.yo
說什麼？ 089

다음에.
da.eu.me
下次。 090

절대.
jo*l.de*
絕對。 091

역시.
yo*k.ssi
還是。／果然。 092

다 괜찮아요.
da/gwe*n.cha.na.yo
都可以。 093

물론.
mul.lon
當然。 094

참.
cham
對了。 095

만약에.
ma.nya.ge
萬一。 096

글쎄요.
geul.sse.yo
這個嘛。 097

나도.
na.do
我也是。 098

요즘.
yo.jeum
最近。 099

아마.
a.ma
可能。 100

어쩌면.
o*.jjo*.myo*n
搞不好。 101

어쩌면.
o*.jjo*.myo*n
怎麼會。 102

네 / 예.
ne//ye
什麼！／啊？／嗯！ 103

Chapter 3 簡單文法篇

가 / 이.
ga//i
主格助詞。 105

는 / 은.
neun//eun
補助詞。 106

를 / 을.
reul//eul
目的格助詞。 107

도.
do
也。 108

와 / 과 / 하고.
wa//gwa//ha.go
和。／跟。 109

에.
e
場所、時間。 110

에서.
e.so*
位置、出發點。 111

부터.
bu.to*
從…／自…。 112

까지.
ga.ji
到…為止。 113

로 / 으로.
ro//eu.ro
方向、手段。 114

만.
man
單單／只。 115

밖에 없다.
ba.ge o*p.da
只有。 116

보다.
bo.da
比較。 117

에게 / 한테 / 께.
e.ge//han.te//ge
對…/向…。 118

에게서 / 한테서.
e.ge.so*//han.te.so*
出處、來源。 119

이다.
i.da
是。 120

고 있다.
go it.da
正在進行。 121

고 싶다.
go/sip.da
想要。 122

어 / 아 / 여서.
o*//a//yo*.so*
原因。 123

안 / 못.
an//mot
不要。/不能。 124

(으)ㄹ 수 있다.
(eu)r/su/it.da
可以。/可能。 125

(으)ㄹ까요?
(eu)r.ga.yo
要不要…呢？ 126

거든요.
go*.deu.nyo
説明事實。 127

잖아요.
ja.na.yo
説明已知事實。 128

자.
ja
勸誘、建議。 129

(으)ㅂ시오.
(eu)b.si.o
命令。 130

같다.
gat.da
一樣。 131

처럼.
cho*.ro*m
像…一樣。 132

(으)니까.
(eu)ni.ga
因為。 133

지 말다.
ji/mal.da
請不要…。 134

기 전에.
gi/jo*.ne
之前。 135

(으)ㄴ후에.
(eu)n.hu.e
之後。 136

이.
i
這。 137

그.
geu
那。 138

저.
jo*
那。 139

들.
deul
複數。 140

저 / 나.
jo*//na
我。 141

우리 / 저희.
u.ri//jo*.hi
我們。 142

당신 / 너 / 너희.
dang.sin//no*//no*.hi
您／你／你們。 143

님.
nim
尊稱。 144

았 / 었 / 였.
at//o*t//yo*t
過去式。 145

겠.
get
未來式。 146

(으)ㄹ 거예요.
(eu)r/go*.ye.yo
未來式。 147

아 / 어 / 여요.
a//o*//yo*.yo
終結語尾。 148

(ㅂ)습니다.
(b)seum.ni.da
終結語尾。 149

Chapter 4 發問徵詢篇

뭐.
mwo
什麼？ 151

누구.
nu.gu
誰？ 152

몇.
myo*t
幾個？ 153

무슨.
mu.seun
什麼？ 154

무엇.
mu.o*t
什麼？ 155

어느.
o*.neu
哪一個？ 156

어디.
o*.di
哪裡？ 157

어떻게.
o*.do*.ke
怎麼做？ 158

언제.
o*n.je
哪時？ 159

얼마나.
o*l.ma.na
多少？ 160

입니까?
im.ni.ga
是…嗎？ 161

왜요?
we*.yo
為什麼？ 162

있어요?
i.sso*.yo
有嗎? ································ 163

없어요?
o*p.sso*.yo
沒有嗎? ······························ 164

어떤.
o*.do*n
怎麼樣的? ························· 165

어때요?
o*.de*.yo
如何呢? ···························· 166

그래?
geu.re*
是嗎? ······························· 167

사실이에요?
sa.si.ri.e.yo
真的嗎? ···························· 168

해도 돼요?
he*.do/dwe*.yo
可以嗎? ···························· 169

삐쳤어요?
bi.cho*.sso*.yo
生氣了喔? ······················ 170

아 / 어 봤어요?
a//o*/bwa.sso*.yo
有…過嗎? ······················· 171

어떻게 된 일이에요?
o*.do*.ke/dwen/i.ri.e.yo
怎麼回事? ······················ 172

아니에요?
a.ni.e.yo
不是嗎? ···························· 173

어떻게 하면 좋을까요?
o*.do*.ke/ha.myo*n/jo.eul.ga.yo
該怎麼做才好呢？ ………………………… 174

몇 시예요?
myo*t/si.ye.yo
幾點呢？ …………………………………… 175

무슨 요일이에요?
mu.seun/yo.i.ri.e.yo
星期幾呢？ ………………………………… 176

거짓말이지?
go*.jin.ma.ri.ji
騙人的吧？ ………………………………… 177

Chapter 5 常用動詞篇

가다.
ga.da
去。 ………………………………………… 179

오다.
o.da
來。 ………………………………………… 180

놀다.
nol.da
玩。 ………………………………………… 181

하다.
ha.da
做。 ………………………………………… 182

먹다.
mo*k.da
吃。 ………………………………………… 183

마시다.
ma.si.da
喝。 ………………………………………… 184

만들다.
man.deul.da
製作。 ……………………………………… 185

말하다.
mal.ha.da
説。 186

보다.
bo.da
看。 187

읽다.
ik.da
閱讀。 188

듣다.
deut.da
聽。 189

주다.
ju.da
給。 190

받다.
bat.da
得到。 191

쓰다.
sseu.da
使用。 192

입다.
ip.da
穿。 193

달리다.
dal.li.da
跑。 194

걸다.
go*l.da
掛。 195

뛰다.
dwi.da
跑、跳。 196

타다.
ta.da
搭乘。 197

사다.
sa.da
買。 198

팔다.
pal.da
賣。 199

살다.
sal.da
住。 200

죽다.
juk.da
死。 201

열다.
yo*l.da
開。 202

닫다.
dat.da
關。 203

바꾸다.
ba.gu.da
更換。 204

오르다.
o.reu.da
上升。 205

내리다.
ne*.ri.da
下降。 206

일어나다.
i.ro*.na.da
起床。 207

자다.
ja.da
睡覺。 ……………………………………………… 208

찾다.
chat.da
找。 ……………………………………………… 209

넣다.
no*.ta
裝。 ……………………………………………… 210

놓다.
no.ta
放。 ……………………………………………… 211

Chapter 6 常用副詞篇

갑자기.
gap.jja.gi
突然。 ……………………………………………… 213

아주.
a.ju
很。 ……………………………………………… 214

빨리.
bal.li
快。 ……………………………………………… 215

정말.
jo*ng.mal
真的。 ……………………………………………… 216

참.
cham
真。 ……………………………………………… 217

천천히.
cho*n.cho*n.hi
慢慢地。 ……………………………………………… 218

좀.
jom
稍微。 ……………………………………………… 219

매우.
me*.u
非常。 220

잘.
jal
好好地。 221

가장 / 제일.
ga.jang//je.il
最／第一。 222

거의.
go*.ui
幾乎。 223

곧.
got
馬上。 224

그냥.
geu.nyang
照樣。 225

꼭.
gok
一定。 226

다행히.
da.he*ng.hi
幸好。 227

도대체.
do.de*.che
到底。 228

다시.
da.si
再次。 229

마침.
ma.chim
剛好。 230

드디어.
deu.di.o*
終於。 231

바로.
ba.ro
正是。 232

반드시.
ban.deu.si
必定。 233

벌써.
bo*l.sso*
已經。 234

제발.
je.bal
務必。 235

먼저.
mo*n.jo*
先。 236

방금.
bang.geum
剛才。 237

아직.
a.jik
還沒。 238

어차피.
o*.cha.pi
反正。 239

모두.
mo.du
全部。 240

이따가.
i.da.ga
待會。 241

너무.
no*.mu
太。 242

일부러.
il.bu.ro*
特意。 243

자꾸.
ja.gu
一直。 244

항상.
hang.sang
總是。 245

적어도.
jo*.go*.do
至少。 246

점점.
jo*m.jo*m
漸漸。 247

전혀.
jo*.nyo*
全然。 248

정도.
jo*ng.do
大約／左右。 249

자주.
ja.ju
時常。 250

특히.
teu.ki
特別。 251

같이.
ga.chi
一起。 252

함부로.
ham.bu.ro
隨意。 253

훨씬.
hwol.ssin
更。 254

일찍.
il.jjik
早點。 255

Chapter 7 談天說地篇

걱정돼요.
go*k.jjo*ng.dwe*.yo
擔心。 257

겁나요.
go*m.na.yo
害怕。 258

기대돼요.
gi.de*.dwe*.yo
期待。 259

부럽다.
bu.ro*p.da
羨慕。 260

슬프다.
seul.peu.da
難過。 261

실망하다.
sil.mang.ha.da
失望。 262

싫다.
sil.ta
討厭。／不喜歡。 263

기쁘다.
gi.beu.da
高興。 264

화나다.
hwa.na.da
生氣。 ··· 265

재미있다.
je*.mi.it.da
有趣。 ··· 266

심심하다.
sim.sim.ha.da
無聊。 ··· 267

긴장돼요.
gin.jang.dwe*.yo
緊張。 ··· 268

짜증나다.
jja.jeung.na.da
厭煩。 ··· 269

무섭다.
mu.so*p.da
可怕。 ··· 270

답답하다.
dap.da.pa.da
煩悶。 ··· 271

배 고파요. / 배 불러요.
be*/go.pa.yo//be*/bul.lo*.yo
肚子餓。／肚子飽。 ······························· 272

좋아하다.
jo.a.ha.da
喜歡。 ··· 273

사랑해요.
sa.rang.he*.yo
我愛你。 ·· 274

행복하다.
he*ng.bo.ka.da
幸福。 ··· 275

너무하다.
no*.mu.ha.da
過份。 276

이상하다.
i.sang.ha.da
奇怪。 277

농담이에요.
nong.da.mi.e.yo
開玩笑。 278

아쉽다.
a.swip.da
真可惜。 279

대단하다.
de*.dan.ha.da
了不起。 280

귀찮다.
gwi.chan.ta
麻煩。 281

나쁘다.
na.beu.da
壞。 282

멋있다.
mo*.sit.da
帥氣。 283

맛있다.
ma.sit.da
好吃。 284

아프다.
a.peu.da
痛。 285

힘들다.
him.deul.da
疲累。 286

바쁘다.
ba.beu.da
忙碌。 287

충분하다.
chung.bun.ha.da
充分。 288

비밀.
bi.mil
秘密。 289

축하하다.
chu.ka.ha.da
恭喜。 290

최고.
chwe.go
最棒。／最好的。 291

좋은 생각이다.
jo.eun se*ng.ga.gi.da
好主意。 292

시끄러워요.
si.geu.ro*.wo.yo
很吵。 293

상관없다.
sang.gwa.no*p.da
不相關。 294

바보.
ba.bo
笨蛋。 295

비켜!
bi.kyo*
讓開！ 296

오해.
o.he*
誤會。 297

늦었어.
neu.jo*.sso*
遲了。／太晚了。 ………………………………………… 298

믿다.
mit.da
相信。 ……………………………………………………… 299

깜짝 놀랐어요.
gam.jjak nol.la.sso*.yo
嚇一跳。 …………………………………………………… 300

자신.
ja.sin
自信。 ……………………………………………………… 301

아침.
a.chim
早上。／早餐。 …………………………………………… 302

용서해 주세요.
yong.so*.he*/ju.se.yo
請原諒我。 ………………………………………………… 303

다시 한번.
da.si/han.bo*n
再一次。 …………………………………………………… 304

Chapter 8 情境會話篇

자기소개.
ja.gi.so.ge*
自我介紹。 ………………………………………………… 306

영화.
yo*ng.hwa
電影。 ……………………………………………………… 307

공항세관.
gong.hang.se.gwan
機場海關。 ………………………………………………… 308

길 문의.
gil/mu.nui
問路。 ……………………………………………………… 309

호텔.
ho.tel
飯店。 310

식당.
sik.dang
餐館。 311

휴가.
hyu.ga
假期。 312

환전.
hwan.jo*n
換錢。 313

옷가게.
ot.ga.ge
服飾店。 314

미용실.
mi.yong.sil
美容院。 315

신발가게.
sin.bal.ga.ge
鞋店。 316

병원.
byo*ng.won
醫院。 317

학교.
hak.gyo
學校。 318

약속.
yak.ssok
約會。 319

계절.
gye.jo*l
季節。 320

날씨.
nal.ssi
天氣。 321

명절.
myo*ng.jo*l
節日。 322

결혼.
gyo*l.hon
結婚。 323

시험.
si.ho*m
考試。 324

운동.
un.dong
運動。 325

취미.
chwi.mi
興趣。 326

외국어.
we.gu.go*
外國語。 327

택시.
te*k.ssi
計程車。 328

지하철.
ji.ha.cho*l
地鐵。 329

여행.
yo*.he*ng
旅行。 330

쇼핑.
syo.ping
購物。 331

전화.
jo*n.hwa
電話。 332

Chapter 9 活用單字篇

日常生活關鍵單字 334

美妝用品關鍵單字 335

用餐關鍵單字 336

交通關鍵單字 337

建築物關鍵單字 338

電器用品關鍵單字 339

百貨購物關鍵單字 340

飲料酒類關鍵單字 341

自然動物關鍵單字 342

Chapter 10 情緒表達篇

Chapter 1

生活用語篇

• track 007

안녕하세요.

an.nyo*ng.ha.se.yo

您好。／你好。

說 明

相當於中文中的「您好嗎？」。안녕하세요!是敬語，
對長輩或不熟識的人使用，對平輩或晚輩時，可以使
用半語안녕!（你好）。這是最常使用的打招呼用語。

會話 1

Ⓐ 안녕하세요!

an.nyo*ng.ha.se.yo

您好。

Ⓑ 안녕하세요! 오늘 날씨가 참 좋아요.

an.nyo*ng.ha.se.yo// o.neul/nal.ssi.ga/cham /jo.a.yo

您好，今天天氣真好呢！

會話 2

Ⓐ 민지씨, 안녕하세요!

min.ji.ssi//an.nyo*ng.ha.se.yo

民志先生，您好。

Ⓑ 수영씨, 안녕하세요!

su.yo*ng.ssi// an.nyo*ng.ha.se.yo

秀英小姐，您好。

죄송합니다.

jwe.song.ham.ni.da

對不起。

說 明

這句話表示「對不起」，主要對長輩、上司或不認識的人使用。另外，如果是對朋友、平輩或熟識之人可以使用「미안해요」，較為親切。無論是「죄송합니다」或「미안해요」都是在表達歉意。如果想向人開口攀談時，可以使用「실례합니다」。

會 話

Ⓐ 저기요! 여기는 금연입니다.

jo*.gi.yo//yo*.gi.neun/geu.myo*.nim.ni.da

呃，這裡禁菸。

Ⓑ 아, 죄송합니다.

a//jwe.song.ham.ni.da

啊，對不起。

應用句子

▶ 저기, 실례합니다만…

jo*.gi//sil.lye.ham.ni.da.man

那個，不好意思。（請問……）

▶ 여기까지 와주셔서 감사합니다.

yo*.gi.ga.ji/wa.ju.syo*.so*/gam.sa.ham.ni.da

您特地前來，真是謝謝。

• track 008

좋은 아침.
jo.eun/a.chim
早安。

說明

事實上，韓國人沒有正式的「早安」用法，一般他們最常用的招呼語就是「안녕하세요」。當然，早上在職場上遇到同事時，可以使用「좋은 아침!」來打招呼。

會話

Ⓐ 과장님, 안녕하세요!

gwa.jang.nim// an.nyo*ng.ha.se.yo

課長，早安。

Ⓑ 좋은 아침! 오늘도 아주 덥네!

jo.eun/a.chim/o.neul.do/a.ju/do*m.ne

早安。今天還是很熱呢！

應用句子

▶ 아빠, 좋은 아침.

a.ba//jo.eun/a.chim

爸，早安。

▶ 좋은 아침! 오늘도 날씨가 좋네요.

jo.eun/a.chim//o.neul.do/nal.ssi.ga/jon.ne.yo

早安。今天也是好天氣呢！

▶ 좋은 아침! 지금 출근하러 가는 길이에요?

jo.eun/a.chim// ji.geum/chul.geun.ha.ro/ ka.neun/ki.ri.e.yo

早安，你現在是要去上班嗎？

그동안 잘 지냈어요?

keu.tong.an/jal/ji.ne*.sso.yo

近來好嗎?

說 明

在遇到許久不見的朋友時,可以用這句話來詢問對方的近況。但若是經常見面的朋友,則不會使用這句話。

會 話

Ⓐ 준수씨, 오래만이에요. 그동안 잘 지냈어요?

jun.su.ssi//o.re*.ma.ni.e.yo//keu.tong.an/jal/ji.ne*.sso.yo

俊秀先生,好久不見了。近來好嗎?

Ⓑ 네. 덕분에 잘 지냈어요? 수영씨는요?

ne//do*k.bu.ne/jal/jji.ne*.sso*.yo/su.yo*ng.ssi.neu.nyo

嗯,託你的福,我很好。秀英小姐你呢?

應用句子

▶ 요즘 잘 지냈어요.
yo.jeum/jal/jji.ne*.sso*.yo
最近過得很好。

▶ 어머님 잘 지내셨어요?
o*.mo*.nim/jal/jji.ne*.syo*.sso*.yo
你的母親最近好嗎?

▶ 잘 지냈어요.
jal/jji.ne*.sso*.yo
我很好。

잘 자요.

jal/jja.yo

晚安。

說明

晚上睡前向家人或朋友道晚安，祝福對方也有一夜好眠。向長輩道晚安時，則要使用敬語「안녕히 주무세요!」。

會話 1

A 자고 싶어서 먼저 잘게요.

ja.go /si.po*.so*/ mo*n.jo*/jal.ge.yo

我想睡了，先去睡囉。

B 응. 잘자요.

eung //jal/jja.yo

嗯，晚安。

會話 2

A 수영아, 빨리 자.

su.yo*ng.a//bal.li/ ja

秀英阿，快去睡覺。

B 네. 아빠도 안녕히 주무세요.

ne//a.ba.do/ an.nyo*ng.hi/ ju.mu.se.yo

好的，爸爸晚安。

감사합니다.

gam.sa.ham.ni.da

謝謝。

說 明

向人道謝時，若對方是自己的長輩，可以用「감사합니다」。而一般的平輩或是後輩，則說「고마워」即可。

會 話

Ⓐ 생일 축하한다. 이것은 선물이다.

se*ng.il.chu.ka.han.da//i.go*.seun/ so*n.mu.ri.da.

生日快樂！這是禮物。

Ⓑ 감사합니다.

gam.sa.ham.ni.da

謝謝你。

應用句子

▶ 감사합니다.

gam.sa.ham.ni.da

謝謝。

▶ 저를 생각해 주셔서 감사합니다.

jo*.reul/ sse*ng.ga.ke*/ju.syo*.so*/gam.sa.ham.ni.da

謝謝你為我著想。

▶ 도와주셔서 너무 감사합니다.

to.wa.ju.syo*.so*/ no*.mu/ gam.sa.ham.ni.da

謝謝你的幫忙。

미안해요.

mi.a.ne*.yo

對不起。

說明

「미안해요」和「죄송합니다」比起來，較不正式。只適合用於朋友、家人、熟人之間。若是不小心撞到別人，或是向人鄭重道歉時，還是要用「죄송합니다」才不會失禮喔！

會話

A 노래방에 같이 갈까?

no.re*.bang.e/ka.chi/kal.ga

要不要一起去唱KTV？

B 미안해. 오늘 급한 일이 있어서..

mi.a.ne*//o.neul/keu.pan/i.ri/i.sso*.so*

對不起，今天剛好有急事…

應用句子

▶ 죄송합니다. 잘못했어요.

jwe.song.ham.ni.da//jal.mot. he*.sso*.yo.

對不起！我錯了。

▶ 정말 죄송합니다.

jo*ng.mal/jwe.song.ham.ni.da

真對不起。

▶ 삼십분이나 늦어서 정말 미안해요.

sam.sip.bu.ni.na/neu.jo*.so*/jo*ng.mal/mi.a.ne*.yo

遲到30分鐘，真對不起。

잘 먹겠습니다.

jal/mo*k.get.sseum.ni.da

開動了。

說明

韓國人用餐前，都會說「잘 먹겠습니다」，這是比較正式的用法。平常與朋友、家人、熟人一起吃飯時，使用「잘 먹을게요」即可。這樣做表現了對食物的感恩和對料理人的感謝。

會話

Ⓐ 와. 맛있겠다. 오빠 아직 안 돌아왔어요?
wa//ma.sit.get.da//o.ba/a.jik/an/do.ra.wa.sso*.yo
哇，看起來好好吃喔！哥哥他還沒回來嗎？

Ⓑ 응. 먼저 먹어.
eung//mo*n.jo*/mo*.go*
嗯！你先吃吧！

Ⓐ 그럼. 잘 먹을게요.
geu.ro*m//jal/mo*.geul.ge.yo
那我先開動了。

應用句子

▶ 이 맛있는 냄새! 잘 먹겠습니다.
i/ma.sin.neun/ne*m.se*//jal/mo*k.get.sseum.ni.da
聞起來好香喔！我要開動了。

• track 011

다녀오겠습니다.

da.nyo*.o.get.sseum.ni.da

我要出門了。

說 明

在出家門前，或是公司的同事要出門處理公務時，都會說「다녀오겠습니다」，告知自己要出門了。

會話 1

Ⓐ 그럼, 다녀오겠습니다.

geu.ro*m //da.nyo*.o.get.sseum.ni.da

那麼，我要出門了。

Ⓑ 잘 다녀와. 차 조심해.

jal/ ta.nyo*.wa//cha/ jo.si.me*

慢走！小心路上的車喔！

會話 2

Ⓐ 저 회사에 다녀오겠습니다.

jo*/ hwe.sa.e/da.nyo*.o.get.sseum.ni.da

我要去上班囉！

Ⓑ 그래. 조심히 가야 돼.

geu.re*//jo.si.mi/ka.ya/dwe*

嗯，路上小心喔！

조심히 다녀와요.

jo.si.mi/da.nyo*.wa.yo

小心請慢走。

說 明

聽到對方說「다녀오겠습니다」的時候，我們就要說「조심히 다녀와요」，請對方路上小心。

會 話

A 그럼, 다녀오겠습니다.

geu.ro*m //da.nyo*.o.get.sseum.ni.da

那麼，我要出門了。

B 조심히 다녀와요.

jo.sim.hi/ da.nyo*.wa.yo

路上小心喔！

應用句子

▶ 안녕! 조심히 다녀와.

an.nyo*ng// jo.sim.hi/da.nyo*.wa

再見，路上小心。

▶ 조심히 다녀와요. 오늘도 일찍 돌아와야 해요.

jo.sim.hi/ da.nyo*.wa.yo//o.neul.do/il.jjik/to.ra.wa.

ya/ he*.yo

路上小心。今天也要早點回來喔！

• track 012

다녀왔어요.

da.nyo*.wa.sso*.yo

我回來了。

說 明

從外面回到家中或是公司時，會說「다녀왔어요」這句話來告知大家自己回來了。

會話 1

Ⓐ 저 다녀왔어요.

jo*/ da.nyo*.wa.sso*.yo

我回來了。

Ⓑ 어서 와요. 빨리 와서 저녁 먹어요.

o*.so*/wa.yo//bal.li/ wa.so*/ jo*.nyo*/ mo*.go*yo

歡迎回來。快來吃飯。

會話 2

Ⓐ 저 다녀왔어요.

jo*/ da.nyo*.wa.sso*.yo

我回來了。

Ⓑ 어서 와요. 일이 어떻게 되었어요?

o*.so*/wa.yo//i.ri/ o*.do*.ke/ dwe.o*.sso*.yo

歡迎回來！事情的情況如何？

Ⓐ 다행히 일이 생각대로 잘 됐어요.

ta.he*ng.hi/i.ri/se*ng.gak.de*.ro/jal/dwe*.sso*.yo

幸好如同計劃，事情辦得很順利。

어서 와요.

o*.so*/wa.yo

歡迎回來。

說 明

遇到從外面歸來的家人或朋友，表示自己歡迎之意時，會說「어서 와요」，順便慰問對方在外的辛勞。

會 話

A 저 다녀왔어요.

jo*/ da.nyo*.wa.sso*.yo

我回來了。

B 어서 와. 오늘 참 늦었네. 무슨 일이 생겼어?

o*.so*/wa//o.neul/cham/neu.jo*n.ne/mu.seun/i.ri/se*ng.gyo*.sso*

快進來。今天真晚回來，發生什麼事嗎？

應用句子

▶어머님, 어서 오세요.

o*.mo*.nim//o*.so*/o.se.yo

媽媽，歡迎回家。

▶수영아, 어서 빨리 가방 놓고 밥 먹자!

su.yo*ng.a//o*.so*/bal.li/ga.bang/no.ko/bap/mo*k.jja

秀英，快把包包放好，過來吃飯。

• track 013

다음에 보자!

ta.eu.me/bo.ja

下次見。

說 明

這句話多半使用在和較熟識的朋友道別的時候,另外在通mail或簡訊時,也可以用在最後,當作「再聯絡」的意思。另外也可以說「또 보자!」。

會 話

Ⓐ 아. 벌써 이렇게 늦었네. 나 지금 집에 돌아가야 돼!

a//bo*l.sso*/i.ro*.ke/neu.jo*n.ne//na/ji.geum/ji.be/do.ra.ga.ya/dwe*

啊!已經這麼晚囉?我該回去了。

Ⓑ 응. 다음에 보자!

eung //ta.eu.me/bo.ja

嗯,那下次見囉!

應用句子

▶ 이따가 보자!

i.da.ga/bo.ja

待會見。

▶ 우리 내일 또 보자!

u.ri/ne*.il/do/bo.ja

我們明天再見。

수고하셨어요.

su.go.ha.syo*.sso*.yo

辛苦了。

說 明

當工作結束後,或是在工作場合遇到同事、上司時,都可以用「수고하셨어요」來慰問對方的辛勞。至於上司慰問下屬辛勞,則可以使用「수고했어」。

會 話

Ⓐ 저 다녀왔어요.

jo*/ da.nyo*.wa.sso*.yo

我回來了。

Ⓑ 어. 준수씨. 정말 수고했어.

o*//jun.su.ssi/jo*ng.mal/ssu.go.he*.sso*

喔,俊秀先生,你辛苦了。

應用句子

▶수고하셨어요. 지금 퇴근하세요.

su.go.ha.syo*.sso*.yo//ji.geum/twe.geun.ha.se.yo

辛苦了!您可以下班了。

▶그럼, 저 먼저 집에 가요. 다들 수고했어요.

geu.ro*m/jo*/mo*n.jo*/ji.be/ka.yo//da.deul/ssu.go.he*.sso*.yo

那麼,我先回家了。大家辛苦了。

▶수고했어요. 커피 드세요.

su.go.he*.sso*.yo//ko*.pi/deu.se.yo

辛苦了!請喝咖啡。

어서 오세요!

o*.so*/o.se.yo

歡迎光臨。

說明

到韓國旅遊進到店家時，第一句聽到的就是這句話。
而當別人到自己家中拜訪時，也可以用這句話表示自
己的歡迎之意。

會話 1

A 어서 오세요! 저녁 아직 안 드셨죠?

o*.so*/o.se.yo// jo*.nyo*/ a.jik/an. deu.syo*t.jjyo

歡迎，您晚飯還沒吃吧？

B 네. 같이 먹어도 되겠죠?

ne//ga.chi/ mo*.go*.do/dwe.get.jjyo

是的，可以跟你們一起吃嗎？

A 그럼요! 어서 앉으세요.

geu.ro.myo//o*.so*/ an.jeu.se.yo.

當然可以囉！請快坐下吧！

會話 2

A 어서 오세요! 뭘 드시겠어요?

o*.so*/o.se.yo//mwol/deu.si.ge.sso*.yo

歡迎光臨，請要問點些什麼？

B 김치찌게 하나 주세요.

gim.chi.jji.ge/ha.na/ju.se.yo

請給我一份泡菜鍋。

…(으)세요.
(eu)se.yo
請…。

說 明

這句接在動詞後方，在「請別人做什麼事」的時候使用。在請對方用餐、自由使用設備時，希望對方不要有任何顧慮，儘管去做。

會 話

A 커피 드세요.
ko*.pi/teu.se.yo.
請喝咖啡。

B 감사합니다.
gam.sa.ham.ni.da.
謝謝。

應用句子

▶먼저 출발하세요.
mo*n.jo*/chul.ba.ra.sse.yo.
您先出發吧！

▶맛있게 드세요.
ma.sit.ge/teu.se.yo.
請慢用。

▶깎아 주세요.
ga.ga/ju.se.yo.
算便宜一點吧！

고마워요.

go.ma.wo.yo

謝謝。

說 明

如果想要和比較熟的朋友或是後輩道謝的時候，可以用這句話來表示。和「감사합니다」相比，是比較隨意的說法，較不正式。

會 話

🅐 내가 너무 바빠서 좀 도와 줄 수 있겠어요?

ne*.ga/no*.mu/ba.ba.so*/jom/do.wa/jul/su/it.ge.sso*.yo

我現在很忙，你可以幫忙我嗎？

🅑 그럼요.

geu.ro*.myo

當然可以阿。

🅐 고마워요.

go.ma.wo.yo

謝謝。

應用句子

▶저에 대한 관심, 고맙습니다.

jo*.e/de*.han/gwan.sim/go.map.sseum.ni.da

謝謝對我的關心。

• track 016

반갑습니다.

ban.gap.sseum.ni.da

很高興。

說明

「반갑다.」是形容詞，主要使用在遇見久未相見的人，或自己期待的事情順利完成時，內心感到的高興、喜悅之情。另外，如果遇見剛認識的人，也可以使用「만나서 반갑습니다」。

會話

Ⓐ 안녕하세요. 이수영입니다. 처음 뵙겠습니다.

an.nyo*ng.ha.se.yo//i.su.yo*ng.im.ni.da//cho*.eum/bwep.get.sseum.ni.da

您好嗎？我是李秀英，初次見面。

Ⓑ 이준수입니다. 만나서 반갑습니다.

i.jun.su.im.ni.da//man.na.so*/ban.gap.sseum.ni.da

我是李俊秀，很高興認識您。

應用句子

▶당신을 이렇게 알게 되어 정말 반갑습니다.

dang.si.neul/i.ro*.ke/al.ge/dwe.o*/jo*ng.mal/ban.gap.sseum.ni.da

很高興認識您。

▶반가운 소식.

ban.ga.un/so.sik

令人高興的消息。

여보세요.

yo*.bo.se.yo

喂？

說 明

「여보세요?」主要在打電話或呼叫對方的時候使用。
相當於中文的「喂?」

會 話

Ⓐ 여보세요, 누구를 찾으세요?

yo*.bo.se.yo//nu.gu.reul/cha.jeu.se.yo

喂？請問找哪位呢？

Ⓑ 안녕하세요? 이영애씨 집에 있어요?

an.nyo*ng.ha.se.yo// i.yo*ng.e*.ssi/ji.be/i.sso*.yo

您好？請問李英愛小姐在家嗎？

Ⓐ 아. 죄송한데 영애가 방금 나갔어요.

a//jwe.song.han.de/yo*ng.e*.ga/bang.geum/na.ga.
sso*.yo

啊！不好意思，英愛剛才出門了喔！

應用句子

▶ 여보세요, 김사장님 계세요?
yo*.bo.se.yo//gim.sa.jang.nim/gye.se.yo
喂？請問金社長在嗎？

▶ 여보세요, 거기 화장품회사죠?
yo*.bo.se.yo// go*.gi/hwa.jang.pum.hwe.sa.jyo
喂？請問是化妝品公司嗎？

괜찮아요.

gwe*n.cha.na.yo

沒關係。

說明

「괜찮아요.」主要表示沒有問題或不需要擔心之意。
相當於中文的「沒關係、還可以、無妨、不要緊」之
意。另外,也可以形容人或物品的感覺或品質還不
賴,相當於中文的「不錯、不差、還行」。

會話

Ⓐ 늦어서 미안해요. 많이 기다렸죠?

neu.jo*.so*/mi.an.he*.yo//ma.ni/gi.da.ryo*t.jjyo

我遲到了,對不起!等很久了吧?

Ⓑ 괜찮아요. 저도 방금 왔어요.

gwe*n.cha.na.yo//jo*.do/bang.geum/wa.sso*.yo

沒關係!我也剛來。

應用句子

▶ 그는 괜찮은 사람입니다.

geu.neun/gwe*n.cha.neun/sa.ra.mim.ni.da

他是個不錯的人。

▶ 몸은 좀 괜찮지요?

mo.meun/jom/gwe*n.chan.chi.yo

你身體有好一點嗎?

당연하지요.

dang.yo*n.ha.ji.yo

那當然！

說明

表示觀察一件事時，個人認為理當應該要如此。相當於中文的「當然」。

會話

A 엄마, 오늘도 학원에 가야 돼요?

o*m.ma//o.neul.do/ha.gwo.ne/ga.ya dwe*.yo

媽媽，我今天也一定要去補習班嗎？

B 당연하지. 어떻게 공부를 안 할 수가 있어?

dang.yo*n.ha.ji//o*.do*.ke/gong.bu.reul/an/hal/ssu.ga/i.sso*

那當然！怎麼可以不讀書呢？

應用句子

▶ 당연한 결과.

dang.yo*n.han/gyo*l.gwa

當然的結果。

▶ 그게 당연하다고 생각해요.

geu.ge/dang.yo*n.ha.da.go/se*ng.ga.ke*.yo

我認為那是理所當然的。

잘 부탁해요.

jal/ bu.ta.ke*.yo

拜託你了。

說明

主要使用於拜託他人幫忙做某事，相當於中文的「拜託你」。另外，「부탁」當名詞使用時，表示「請託」。

會話

Ⓐ 김대리님, 뭐 도와 드릴까요?

gim.de*.ri.nim//mwo/do.wa/deu.ril.ga.yo

金代理，需要幫忙嗎？

Ⓑ 이 서류를 복사해서 내게 주세요. 그럼 부탁해요.

i/so*.ryu.reul/bok.ssa.he*.so*/ne*.ge/ju.se.yo//geu. ro*m/ bu.ta.ke*.yo

啊，請將這份文件複印給我。拜託你了。

Ⓐ 네. 알겠습니다.

ne//al.get.sseum.ni.da

是的，我知道了。

應用句子

▶ 처음 뵙겠습니다. 앞으로 잘 부탁드립니다.

cho*.eum/bwep.get.sseum.ni.da//a.peu.ro/jal/bu.tak. deu.rim.ni.da

初次見面，以後請多指教。

실례지만

sil.lye.ji.man

請問…。

說明

「실례」表示「失陪、不禮貌、失禮、打擾了」的意思。如果要向路人問路時，可以使用「실례합니다.」，相當於英文的「Excuse me !」。

會話

🅐 실례지만 서울대학교에 어떻게 가야 돼요?

sil.lye.ji.man/so*.ul.de*.hak.gyo.e/o*.do*.ke/ga.ya/dwe*.yo

打擾一下，請問首爾大學要怎麼去呢？

🅑 죄송해요. 저도 잘 모르겠어요.

jwe.song.he*.yo//jo*.do/jal/mo.reu.ge.sso*.yo

對不起，我也不知道。

應用句子

▶ 잠깐 실례하겠습니다.

jam.gan/sil.lye.ha.get.sseum.ni.da.

暫時失陪一下。

▶ 실례지만 나이가 어떻게 되세요?

sil.lye.ji.man/na.i.ga/o*.do*.ke/dwe.se.yo

不好意思，請問您年齡是？

저는……입니다.

jo*.neun/……/im.ni.da

我是…。

說明

「이다」相當於中文的「是」之意，反之「아니다」為「不是」之意。「입니다」為敬語的用法。

會話

Ⓐ 어느 나라사람입니까?

o*.neu/na.ra.sa.ra.mim.ni.ga

您是哪一國人呢？

Ⓑ 저는 대만사람입니다. 당신은요?

jo*.neun/de*.man.sa.ra.mim.ni.da//dang.si.neu.nyo

我是台灣人，您呢？

Ⓐ 저는 미국사람입니다.

jo*.neun/mi.guk.ssa.ra.mim.ni.da

我是美國人。

應用句子

▶ 이 사람은 제 친구 최은주입니다.

i/sa.ra.meun/je/chin.gu/chwe.eun.ju.im.ni.da

這位是我的朋友崔恩宙。

▶ 제 이름은 장나라입니다.

je/i.reu.meun/jang.na.ra.im.ni.da

我的名字是張娜拉。

이거 얼마예요?

i.go*/ o*l.ma.ye.yo

這個多少錢?

說明

買東西時,可以使用「이거 얼마예요?」來詢問店家老闆東西多少錢。如果要殺價時,則可以使用「깎아 주세요.」或「싸게 주세요.」

會話

Ⓐ 이거 얼마예요?

i.go*/o*l.ma.ye.yo

這個多少錢?

Ⓑ 만원입나다.

ma.nwo.nim.na.da.

一萬元。

Ⓐ 너무 비싸요. 좀 깎아 주세요.

no*.mu/bi.ssa.yo//jom/ga.ga/ju.se.yo

太貴了,算便宜一點嘛!

Ⓑ 그럼 많이 사세요. 싸게 드릴게요.

geu.ro*/m/ma.ni/sa.se.yo//ssa.ge/deu.ril.ge.yo

那您多買一點,我算您便宜一些。

應用句子

▶ 모두 얼마예요?

mo.du/o*l.ma.ye.yo

總共多少錢呢?

모르겠어요.

mo.reu.ge.sso*.yo

不知道。

說明

「모르다」有對事物「不知道、不認識、不熟悉、不懂」之意。「모르겠어요」為敬語。另外，也可以使用「몰라요」。

會話

A 우리반 선생님을 아세요?

u.ri.ban/so*n.se*ng.ni.meul/a.se.yo

您認識我們班老師嗎？

B 잘 모르겠어요.

jal/mo.reu.ge.sso*.yo

不認識。

應用句子

▶ 그때 얼마나 추웠는지 몰라요.

geu.de*/o*l.ma.na/chu.won.neun.ji/mol.la.yo

不知道那時有多冷。

▶ 나는 악기는 전혀 몰라요.

na.neun/ak.gi.neun/jo*.nyo*/mol.la.yo

我一點也不懂樂器。

• track 020

알겠어요.

al.ge.sso*.yo

知道了。／明白了。

說明

「알다」有對事物「知道、明白、懂、了解」之意。
當別人囑咐自己或交代某個事項時，回應對方則可以
使用「알겠어요」。

會話

A 나영씨, 회의준비 좀 부탁해요.

na.yo*ng.ssi//hwe.ui.jun.bi/jom/bu.ta.ke*.yo

娜英小姐，麻煩你準備一下會議事宜。

B 예, 알겠습니다

ye//al.get.sseum.ni.da

好的，我知道了。

應用句子

▶ 그는 한국어를 알아요.

geu.neun/han.gu.go*.reul/a.ra.yo

他會韓語。

▶ 서로 아는 사이입니까?

so*.ro/a.neun/sa.i.im.ni.ga

你們彼此認識嗎？

▶ 그는 돈만 안다.

geu.neun/don.man/an.da

他只知道錢。

어떡하지요?

o*.do*.ka.ji.yo

怎麼辦？

說明

在表達不知如何是好或焦急、緊張之情時，可以使用「어떡하지요?」、「어떡해요?」來詢問對方該怎麼做才好。另外，也可以使用「어떻게 해야돼요?」。

會 話

Ⓐ 지갑 잃어버렸어요. 어떡하지요?

ji.gap/i.ro*.bo*.ryo*.sso*.yo//o*.do*.ka.ji.yo

我錢包弄丟了，怎麼辦？

Ⓑ 너무 걱정하지 마세요! 일단 경찰에 신고해요.

no*.mu/go*k.jjo*ng.ha.ji/ma.se.yo//il.dan/gyo*ng.cha.re/sin.go.he*.yo

不要太擔心！先去找警察申報吧！

應用句子

▶ 조심해요. 다쳤으면 어떡해요?

jo.sim.he*.yo//da.cho*.sseu.myo*n/o*.do*.ke*.yo

小心一點，如果受傷了，怎麼辦？

▶ 지금 어떻게 해야돼요?

ji.geum/o*.do*.ke/he*.ya.dwe*.yo

現在我該怎麼做才好呢？

잠시만요.

jam.si.ma.nyo

請稍等。

說明

「잠시만요」表示請他人稍等自己一會兒之意，也可以使用「잠깐만요」。「잠시」則有「暫時」之意。

會話

Ⓐ 이제 출발해야 할 시간이에요.
i.je/chul.bal.he*.ya/hal/ssi.ga.ni.e.yo
現在該出發囉！

Ⓑ 잠시만요. 10분만 기다려 주세요.
jam.si.ma.nyo//sip.bun.man/gi.da.ryo*/ju.se.yo
等一下，再等我 10 分鐘就好。

應用句子

▶ 여러분 잠시만요. 제 말 아직 끝나지 않았어요.
yo*.ro*.bun/jam.si.ma.nyo//je/mal/a.jik/geun.na.ji/
a.na.sso*.yo
各位稍等一下，我的話還沒說完。

▶ 잠깐만 기다리세요.
jam.gan.man/gi.da.ri.se.yo
請稍等一下。

됐어요.

dwe*.sso*.yo

可以了。／算了。

說 明

「됐어요」表示「可以了、算了、不用了」之意。有時，也可以使用「괜찮아요」或「필요 없어요」，來表達「不用了」之意。

會話 1

A 집에 모셔다 드릴게요.

ji.be/mo.syo*.da/deu.ril.ge.yo

我送您回家吧！

B 됐어요. 먼저 가세요.

dwe*.sso*.yo//mo*n.jo*/ga.se.yo

不用了。您先走吧！

會話 2

A 저녁밥 사 줄까?

jo*.nyo*k.bap/ssa/jul.ga

我請你吃晚餐，要不要？

B 필요 없어요. 전 이미 먹었어요.

pi.ryo/o*p.sso*.yo//jo*n/i.mi/mo*.go*.sso*.yo

不用了，我已經吃過了。

應用句子

▶됐어, 도와주지 않아도 돼.

dwe*.sso*//do.wa.ju.ji/a.na.do/dwe*

算了！不幫忙我也沒關係！

덕분에.
do*k.bu.ne
託福。

說明

「덕분」有「多虧、幸虧」之意，將要感謝的對象置於덕분에之前，表示「託…的福」。可以使用這句話來感謝對方之前的支持與幫忙。

會話

A 이번 시험이 어떻게 됐어요?
i.bo*n/si.ho*.mi/o*.do.ke/dwe*.sso*.yo
這次考試結果如何？

B 선생님 덕분에 좋은 점수를 받았어요.
so*n.se*ng.nim/do*k.bu.ne/jo.eun/jo*m.su.reul/ba.da.sso*.yo
託老師的福，我得到了不錯的成績。

應用句子

▶ 당신 덕분에 몸이 많이 좋아졌어요. 고마워요.
dang.sin/do*k.bu.ne/mo.mi/ma.ni/jo.a.jo*.sso*.yo//go.ma.wo.yo
託你的福，我身體好很多了。謝謝你！

▶ 응원해 주신 덕분에 이번 공연이 아주 성공적입니다.
eung.won.he*/ju.sin/do*k.bu.ne/i.bo*n/gong.yo*.ni/a.ju/so*ng.gong.jo*.gim.ni.da
多虧你為我加油，這次的公演很成功。

천만에요.

cho*n.ma.ne.yo

不客氣。

說明

幫助別人之後,當對方道謝時,要表示自己只是舉手之勞,就用「천만에요.」來表示「不客氣」。另外,也可以使用「별말씀을요」。

會話 1

Ⓐ 정말 감사합니다.

jo*ng.mal/gam.sa.ham.ni.da

真的很感謝您。

Ⓑ 천만에요.

cho*n.ma.ne.yo

不客氣。

會話 2

Ⓐ 이렇게 도와 주셔서 감사합니다.

i.ro*.ke/do.wa/ju.syo*.so*/gam.sa.ham.ni.da

如此幫忙我,真是太感激了。

Ⓑ 천만에요. 이것은 제가 해야 할 일입니다.

cho*n.ma.ne.yo//i.go*.seun/je.ga/he*.ya/hal/i.rim.ni.da

不客氣,這是我應該做的事。

• track 023

안녕히 가세요.

an.nyo*ng.hi/ga.se.yo

再見。

說明

表示「請慢走」、「再見」之意。客人向主人（向要留在原地的人）道再見時，使用「안녕히 계세요」；主人向客人（向要離開的人）道再見時，則使用「안녕히 가세요」。

會話 1

Ⓐ 그럼 다시 연락해 드릴게요. 안녕히 가세요.

geu.ro*m/da.si/yo*l.la.ke*/deu.ril.ge.yo//an.nyo*ng.hi/ga.se.yo

那麼，我會再和你連絡的。請慢走！

Ⓑ 네. 안녕히 계세요.

ne//an.nyo*ng.hi/gye.se.yo

好的，再見。

會話 2

Ⓐ 지금 집에 돌아가도 되죠?

ji.geum/ji.be/do.ra.ga.do/dwe.jyo

現在可以回家了吧？

Ⓑ 그럼요. 안녕히 가세요.

geu.ro*.myo//an.nyo*ng.hi/ga.se.yo

當然可以！再見。

Chapter 2

發語答腔篇

• track 024

네 / 아니요.

ne//a.ni.yo

是。／不是。

說明

在對長輩說話，或是在較正式的場合裡，可以用「네/예」來表示同意的意思。如果要否定對方說的話時，可以用「아니요」來表達自己的意見。

會話 1

Ⓐ 그 사람이 차태현배우입니까?

geu/sa.ra.mi/cha.te*.hyo*n.be*.u.im.ni.ga

那個人是演員車太賢嗎？

Ⓑ 네. 맞습니다.

ne//mat.sseum.ni.da

是的，沒錯。

會話 2

Ⓐ 저녁은 먹었어요?

jo*.nyo*.geun/mo*.go*.sso*.yo

晚飯吃了嗎？

Ⓑ 아니요. 아직 못 먹었어요.

a.ni.yo//a.jik/mot/mo*.go*.sso*.yo

不，還沒吃。

그래도.

geu.re*.do

還是要。

說明

「그래도」是連接詞，表示（前句）雖然有什麼不好的原因，但（後句）還是要去執行或接受。

會話

A 오늘은 휴일이에요. 그래도 회사에 가야 돼요.

o.neu.reun/hyu.i.ri.e.yo//geu.re*.do/hwe.sa.e/ga.ya/dwe*.yo

今天是假日，但還是要去公司上班。

B 어쩔 수 없잖아요.

o*.jjo*l/su/o*p.jja.na.yo

這也是沒辦法的。

應用句子

▶ 내일이 기말시험이에요. 그래도 공부하기 싫어요.

ne*.i.ri/gi.mal.ssi.ho*.mi.e.yo//geu.re*.do/gong.bu.ha.gi/si.ro*.yo

明天是期末考，但我還是不想讀書。

▶ 일이 어려워요. 그래도 계속 해야돼요.

i.ri/o*.ryo*.wo.yo//geu.re*.do/gye.sok/he*.ya.dwe*.yo

事情很難，但還是要繼續做下去。

• track 025

그래서.

geu.re*.so*

所以。

說明

「그래서」是連接詞，表示理由或原因。相當於中文的「所以」。

會 話

Ⓐ 이 가방이 너무 비싸요. 그래서 안 샀어요.

i/ga.bang.i/no*.mu/bi.ssa.yo//geu.re*.so*/an/sa.sso*.yo

這包包太貴了，所以我沒買。

Ⓑ 너무 아쉬워요.

no*.mu/a.swi.wo.yo

真可惜。

應用句子

▶ 이 음식이 너무 맛있어요. 그래서 많이 먹었어요.

i/eum.si.gi/no*.mu/ma.si.sso*.yo//geu.re*.so*/ma.ni/mo*.go*.sso*.yo

這食物太好吃了，所以我吃很多。

▶ 저는 대만사람이에요. 그래서 한국말을 못 해요.

jo*.neun/de*.man.sa.ra.mi.e.yo//geu.re*.so*/han.gung.ma.reul/mot/he*.yo

我是台灣人，所以我不會說韓國話。

하지만.

ha.ji.man

但是。

說明

「하지만」是連接詞，表示但是、可是、然而、雖然
那樣。先肯定或承認前句內容，卻對後句內容持有相
反或反對之意時，可以使用。

會話

A 생일파티에 가고 싶어요. 하지만 시간
이 없어요.

se*ng.il.pa.ti.e/ga.go/si.po*.yo//ha.ji.man/si.ga.ni/
o*p.sso*.yo

好想參加生日派對喔！可是沒有時間。

B 저도요.

jo*.do.yo

我也是。

應用句子

▶ 저는 이미 대학교를 졸업했어요. 하지만 아직
취직은 못 했어요.

jo*.neun/i.mi/de*.hak.gyo.reul/jjo.ro*.pe*.sso*.yo//
ha.ji.man/a.jik/ chwi.ji.geun /mot/he*.sso*.yo

我大學畢業了，但是還沒找到工作。

▶ 사고 싶지만 돈이 부족해요.

sa.go/sip.jji.man/do.ni/bu.jo.ke*.yo.

雖然想買，可是錢不夠。

그런데.

geu.ro*n.de

然而。／可是。

說明

「그런데」是連接詞，表示不過、可是、然而之意。
與「하지만」同義。

會話 1

Ⓐ 비가 오네요. 우산을 좀 빌려 주세요.

bi.ga/o.ne.yo//u.sa.neul/jjom/bil.lyo*/ju.se.yo

下雨了耶！請借我雨傘。

Ⓑ 그런데 저도 우산이 없어요.

geu.ro*n.de/jo*.do/u.sa.ni/o*p.sso*.yo

可是我也沒有雨傘。

會話 2

Ⓐ 수업 끝난 후에 같이 놀러 가자.

su.o*p/geun.nan/hu.e/ga.chi/nol.lo*/ga.ja

下課後，一起去玩吧！

Ⓑ 그런데 나는 시간이 없어. 다음에 가자.

geu.ro*n.de/na.neun/si.ga.ni/o*p.sso*//da.eu.me/ga.ja

可是我沒時間耶！下次吧！

그리고.

geu.ri.go

而且。

說明

「그리고」是連接詞，表示而且、以及、還有、並且之意。

會話

A 제 이름은 정은입니다. 그리고 제 친구 이름은 승우고요.

je/i.reu.meun/jo*ng.eu.nim.ni.da//geu.ri.go/je/chin. gu/i.reu.meun/seung.u.go.yo

我的名字是貞恩，我朋友的名字是承佑。

B 만나서 반갑습니다.

man.na.so*/ban.gap.sseum.ni.da

很高興認識你們。

應用句子

▶ 빵 그리고 우유도 주세요.

bang/geu.ri.go/u.yu.do/ju.se.yo

請給我麵包和牛奶。

▶ 숙제 다 했어요. 그리고 방청소도 끝냈어요.

suk.jje/da/he*.sso*.yo//geu.ri.go/bang.cho*ng.so. do/geun.ne*.sso*.yo

作業做完了，而且房間也打掃完了。

• track 027

어쨌든.
o*.jje*t.deun
無論如何。

說 明

「어쨌든」表示中文的「不管怎麼說、反正、無論如何」之意。也可以使用「아무튼」。

會話 1

A 어쨌든 이번에 꼭 성공해야 돼요.

o*.jje*t.deun/i.bo*.ne/gok/so*ng.gong.he*.ya/dwe*.yo

無論如何，這次一定要成功。

B 네. 노력하겠습니다.

ne//no.ryo*.ka.get.sseum.ni.da

是，我會努力的。

會話 2

A 아무튼 이번 한 번만 더 그를 믿어 보자.

a.mu.teun/i.bo*n/han/bo*n.man/do*/geu.reul/mi.do*/bo.ja

不管怎麼說，這次再相信它一次吧！

B 정말 마지막이다.

jo*ng.mal/ma.ji.ma.gi.da

真的是最後一次了喔！

그러면.

geu.ro*.myo*n

那麼。

說明

「그러면」表示中文的「那麼、那樣的話」。前句是後句的條件，後句是對前句的說明或解釋。

會話 1

🅐 밖에 비가 왔어요.

ba.ge/bi.ga/wa.sso*.yo

外面下雨了。

🅑 그러면 우리 집에서 저녁을 먹자.

geu.ro*.myo*n/u.ri/ji.be.so*/jo*.nyo*.geul/mo*k.jja

那麼，我們在家裡吃晚餐吧！

會話 2

🅐 오늘 시간이 있어요?

o.neul/ssi.ga.ni/i.sso*.yo

你今天有時間嗎？

🅑 미안해요. 오늘은 다른 약속이 있어요.

mi.an.he*.yo//o.neu.reun/da.reun/yak.sso.gi/i.sso*.yo

抱歉，今天我有其他約會。

🅐 그러면 내일은요?

geu.ro*.myo*n/ne*.i.reu.nyo

那麼，明天呢？

• track 028

그러니까.

geu.ro*.ni.ga

因此。

說明

「그러니까」相當於中文的「因此」之意。前句的內容會成為後句內容的理由或依據。

會話

Ⓐ 한국어 말하기가 너무 어려워요.
han.gu.go*/mal.ha.gi.ga/no*.mu/o*.ryo*.wo.yo
韓文口語好難喔！

Ⓑ 그러니까 많이 연습해야 돼요.
geu.ro*.ni.ga/ma.ni/yo*n.seu.pe*/ya/dwe*.yo
因此，你必須要多練習才行。

應用句子

▶ 내일 시험이 있어요. 그러니까 일찍 자야 해요.
ne*.il/si.ho*.mi/i.sso*.yo//geu.ro*.ni.ga/il.jjik/ja.ya/
he*.yo
明天有考試，所以要早點睡。

▶ 이것은 내 일입니다. 그러니까 간섭하지 마세요.
i.go*.seun/ne*/i.rim.ni.da//geu.ro*.ni.ga/gan.so*.pa.
ji/ma.se.yo
這是我的事情，所以請你別干涉。

왜냐하면.

we*.nya.ha.myo*n

因為。

說 明

向人解釋原因或理由時，可以使用「왜냐하면」的用法。相當於中文的「因為」之意。也可以講成「왜냐면」。

會話 1

Ⓐ 왜 대학원에 입학하지 않아요.

we*/de*.ha.gwo.ne/i.pa.ka.ji/a.na.yo

為什麼不讀研究所呢？

Ⓑ 왜냐하면 먼저 회사에 들어갈 생각이기 때문이에요.

we*.nya.ha.myo*n/mo*n.jo*/hwe.sa.e/deu.ro*.gal/sse*ng.ga.gi/de*.mu.ni.e.yo

為什麼呢？因為我想先去公司上班。

會話 2

Ⓐ 왜 어제 학교에 안 왔어요?

we*/o*.je/hak.gyo.e/an.wa.sso*.yo

昨天為什麼沒來學校？

Ⓑ 왜냐면 집에 중요한 일이 있었기 때문이에요.

we*.nya.myo*n/ji.be/jung.yo.han/i.ri/i.sso*t.gi/de*.mu.ni.e.yo

因為家裡有重要的事情。

> # (으)면.
> (eu)myo*n
> 如果。

說 明

「(으)면」為假定用法，相當於中文的「如果」之意。

會話 1

Ⓐ 저를 만나고 싶으면 전화하세요.

jo*.reul/man.na.go/si.peu.myo*n/jo*n.hwa.ha.se.yo

如果想見我，請打電話給我。

Ⓑ 네. 꼭 연락 드릴게요.

ne//gok/ yo*l.lak/deu.ril.ge.yo

好的，我會連絡你的。

會話 2

Ⓐ 좋은 대학교에 들어갈 수 있었으면 좋
겠어요.

jo.eun/de*.hak.gyo.e/deu.ro*.gal/ssu/i.sso*.sseu.
myo*n/jo.ke.sso*.yo

如果可以進入好的大學，那有多好啊！

Ⓑ 그럼. 열심히 공부해야 돼요.

geu.ro*m//yo*l.sim.hi/gong.bu.he*.ya/dwe*.yo

那麼，就要好好用功讀書才行。

• track 030

그럼.

geu.ro*m

那麼。

說 明

「그럼」有兩種意涵，其一是副詞的用法，表示「那麼」之意；其二是感嘆詞的用法，表示「當然」之意。

會 話

Ⓐ 버스가 이미 가버렸어요.

bo*.seu.ga/i.mi/ga.bo*.ryo*.sso*.yo

公車已經走了。

Ⓑ 그럼 이제 어떻게 하지?

geu.ro*m/i.je/o*.do*.ke/ha.ji

那麼，現在該怎麼辦？

應用句子

▶ 그럼 그렇게 합시다.

geu.ro*m/geu.ro*.ke/hap.ssi.da

那麼就那樣做吧！

▶ 그럼, 당연하지.

geu.ro*m//dang.yo*n.ha.ji

那當然啊！

• track 030

그냥 그래요.

geu.nyang/geu.re*.yo

還好。

說明

當別人問起自己的近況或感受時,如果要回答「還好、一般」,就可以使用「그냥 그래요」來表達。另外,也可以使用「그저 그래요」。

會話 1

Ⓐ 요즘 잘 지냈어요?

yo.jeum/jal/jji.ne*.sso*.yo

最近過得好嗎?

Ⓑ 그냥 그래요.

geu.nyang/geu.re*.yo

就那樣囉!

會話 2

Ⓐ 이 식당 음식이 어때요?

i/sik.dang/eum.si.gi/o*.de*.yo

這家店的食物怎麼樣?

Ⓑ 그저 그래요.

geu.jo*/geu.re*.yo

還好。

• track 031

설마.

so*l.ma

難道。

說 明

主要使用於強調否定性的推測或不以為然的推測。相當於中文的「難道、恐怕、不至於、該不會…吧？」

會 話

A 설마 중국어를 한마디도 못하는 건 아니겠죠?

so*l.ma/jung.gu.go*.reul/han.ma.di.do/mo.ta.neun/go*n/a.ni.get.jjyo

你該不會連一句中文也不會講吧？

B 아니요. 조금 할 줄 알아요.

a.ni.yo//jo.geum/hal/jjul/a.ra.yo

不是的，我會講一點。

應用句子

▶설마 그걸 진짜 믿는 건 아니겠지?

so*l.ma/geu.go*l/jin.jja/min.neun/go*n/a.ni.get.jji

難道你真的相信那件事啊？

▶설마 그 사람을 잊지는 않았겠지?

so*l.ma/geu/sa.ra.meul/it.jji.neun/a.nat.get.jji

不至於會忘記那個人吧？

그런 일 없어요.

geu.ro*n/il/o*p.sso*.yo

沒這種事。

說 明

在得到對方稱讚時，想表示對方過獎了，或想否定對方的想法時，可以使用「그런 일 없어요」。

會話 1

Ⓐ 너 결혼했다고 들었어. 축하해!

no*/gyo*l.hon.he*t.da.go/deu.ro*.sso*//chu.ka.he*

聽說你結婚了，恭喜你！

Ⓑ 그럴 일 없어! 여자친구도 없는데.

geu.ro*l/il/o*p.sso*//yo*.ja.chin.gu.do/o*m.neun.de

沒有這種事！我連女朋友都沒有。

會話 2

Ⓐ 많이 예뻐졌네요.

ma.ni/ye.bo*.jo*n.ne.yo

你變漂亮很多呢！

Ⓑ 그런 일 없어요.

geu.ro*n/il/o*p.sso*.yo

哪有這種事啊！

그렇군요.

geu.ro*.ku.nyo

原來如此。

說明

當自己了解某一件事的時候，就可以使用「그렇군요」來說明自己已經明白了。「그렇군요」是敬語，如果是對自己熟悉的人，可以使用「그렇구나」。

會話 1

🅐 미안해요. 기차가 세시간이나 연착했어요.

mi.an.he*.yo//gi.cha.ga/se.si.ga.ni.na/yo*n.cha.ke*.sso*.yo

對不起，火車誤點了三個小時。

🅑 그렇군요.

geu.ro*.ku.nyo

原來是這樣。

會話 2

🅐 그럼 이제 좀 알아들어요?

geu.ro*m/i.je/jom/a.ra.deu.ro*.yo

那現在有了解一點了嗎？

🅑 아 그렇군요. 잘 알았습니다.

a/geu.ro*.ku.nyo//jal/a.rat.sseum.ni.da

啊！原來如此，我懂了。

• track 032

뭐라고요?

mwo.ra.go.yo

説什麼?

說 明

「뭐라고요」主要使用於聽不清楚對方講的話，請對方再講述一次，或不敢相信自己所聽到的事實時所使用的。

會 話

Ⓐ 나랑 결혼해 줄래요?

na.rang/gyo*l.hon.he*/jul.le*.yo

你願意和我結婚嗎?

Ⓑ 네? 뭐라고요?

ne//mwo.ra.go.yo

什麼? 你説什麼?

應用句子

▶ 뭐라고요? 다시 한 번 말씀해 주세요.

mwo.ra.go.yo//da.si/han/bo*n/mal.sseum.he*/ju.se.yo

您説什麼? 麻煩您再説一次。

▶ 뭐라고? 당신 미쳤어?

mwo.ra.go//dang.sin/mi.cho*.sso*

你説什麼? 你瘋了嗎?

다음에.

da.eu.me

下次。

說 明

「다음에」表示「下次、之後」的意思;「이번에」
則表示「這次」的意思。

會 話

A 오늘 정말 즐거웠어요.

o.neul/jjo*ng.mal/jjeul.go*.wo.sso*.yo

今天真的很開心。

B 우리 다음에 또 만나자.

u.ri/da.eu.me/do/man.na.ja

我們下次再見吧!

應用句子

▶ 다음은 내 차례다.

da.eu.meun/ne*/cha.rye.da

下次輪到我了。

▶ 다음다음 금요일.

da.eum.da.eum/geu.myo.il

下下個星期五。

• track 033

절대.

jo*l.de*

絕對。

說 明

「절대」表示不被任何的限制或條件所拘束。在做出承諾，表示自己保證會這麼做的時候，可以用「절대」來表現決心。

會 話

A 오늘 못 기게 돼서 전말 미안해 다음 주에 가면 안 될까요?

o.neul/mot/ga.ge/dwe*.so*/jo*ng.mal/mi.an.he*//da.eum.ju.e/ga.myo*n/an/dwel.ga.yo

今天不能去，真的很抱歉。我下禮拜再去，不行嗎？

B 절대 안 돼. 꼭 와야 돼.

jo*l.de*/an/dwe*//gok/wa.ya/dwe*

絕對不行，一定要來。

應用句子

▶나는 이번에 절대 속지 않겠어요.

na.neun/i.bo*.ne/jo*l.de*/sok.jji/an.ke.sso*.yo

我這次絕對不會被騙。

▶절대 다수.

jo*l.de*/da.su

絕大多數。

역시.

yo*k.ssi

還是。／果然。

說 明

當事情的發生如同自己事先的預料時，就可以使用
「역시」來表示自己的判斷是正確的。相當於中文的
「還是、果然」。

會 話

Ⓐ 역시 네가 제일 예쁘구나.

yo*k.ssi/ne.ga/je.il/ye.beu.gu.na

還是你最漂亮呢！

Ⓑ 아니요. 그런 일 없어요.

a.ni.yo//geu.ro*n/il/o*p.sso*.yo

哪有那種事啊！

應用句子

▶ 역시 실패했다.

yo*k.ssi/sil.pe*.he*t.da

還是失敗了。

▶ 다시 생각해 봤는데 역시 모르겠어요.

da.si/se*ng.ga.ke*/bwan.neun.de/yo*k.ssi/mo.reu.
ge.sso*.yo

雖然再思考了一次，但還是不懂。

다 괜찮아요.

da/gwe*n.cha.na.yo

都可以。

說 明

這句話可以表示出自己覺得哪一個都可以。「괜찮다」是形容詞，有「可以、沒關係」之意。「다」是副詞，有「都、全部」之意。

會話 1

A 커피하고 콜라, 뭐가 좋아?

ko*.pi.ha.go/kol.la//mwo.ga/jo.a

咖啡和可樂，喜歡哪一個？

B 다 괜찮아요.

da/gwe*n.cha.na.yo

都可以。

會話 2

A 집에 있을거야? 아니면 같이 갈거야?

ji.be/i.sseul.go*.ya//a.ni.myo*n/ga.chi/gal.go*.ya

你要待在家裡？還是要一起去？

B 다 괜찮아.

da/gwe*n.cha.na

都可以。

물론.

mul.lon

當然。

說明

當自己覺得事情理所當然，對於事實已有十足把握時，就可以用「물론」。相當於中文的「當然」之意。另外，也可以使用「당연히」。

會話

A 같이 쇼핑하러 갈까요?

ga.chi/syo.ping.ha.ro*/gal.ga.yo

要不要一起去購物？

B 물론 가야죠!

mul.lon/ga.ya.jyo

當然要去啊！

應用句子

▶같이 갈 수 있다면 물론 좋겠지만, 갈 수 없어도 상관 없어.

ga.chi/gal/ssu/it.da.myo*n/mul.lon/jo.ket.jji.man//gal/ssu/o*p.sso*.do/sang.gwan/o*p.sso*

如果可以一起去當然好，但去不了也沒關係。

▶영어는 물론 한국어도 잘 해요.

yo*ng.o*.neun/mul.lon/han.gu.go*.do/jal/he*.yo

不光是英文，連韓文也很棒。

• track 035

참.

cham

對了。

說 明

在與對方說話時，自己突然想起原本忘記的事情時，就可以使用「참」來引起對方的注意。相當於中文的「啊！對了」。另外，當自己對人或事物感到不滿時，也可以使用「참」，相當於中文的「真是的」。

會話 1

A 나는 어제 동대문에 갔었어.

na.neun/o*.je/dong.de*.mu.ne/ ga.sso*.sso*

我昨天去了東大門。

B 정말? 나도 거기에 갔었어.

jo*ng.mal//na.do/go*.gi.e/ ga.sso*.sso*

真的嗎？我昨天也去了耶！

會話 2

A 너무 추워요. 일어나기 싫어요.

no*.mu/chu.wo.yo//i.ro*.na.gi/sɪ.ro*.yo

太冷了，我不要起床。

B 너도 참!

no*.do/cham

你也真是的！

• track 036

만약에.

ma.nya.ge

萬一。

說明

「만약」是假定用法，相當於中文的「如果、萬一、要是」之意。另外，也可以使用「만일」。

會話

Ⓐ 만약에 내일 비가 오면 어떻게 해요?

ma.nya.ge/ne*.il/bi.ga/o.myo*n/o*.do*.ke/he*.yo

如果明天下雨，那該怎麼辦？

Ⓑ 그럼 경기를 다른 날로 연기해야 돼요.

geu.ro*m/gyo*ng.gi.reul/da.reun/nal.lo/yo*n.gi.he*.

ya/dwe*.yo

那麼，就必須延期比賽。

應用句子

▶ 만약 네가 안 오면 나 혼자라도 갈 거야.

ma.nyak/ni.ga/an/o.myo*n/na/hon.ja.ra.do/gal/go*.

ya

如果你不來，那我也會自己去。

▶ 만일의 경우에 대비하다.

ma.ni.rui/gyo*ng.u.e/de*.bi.ha.da

以防萬一。

글쎄요.

geul.sse.yo

這個嘛。

說 明

對別人的提問或要求，給予模糊不清的回答或態度時，可以使用「글쎄요」，相當於中文的「這個嘛、難說、是呀」之意。

會 話

A 지금 배용준이 이미 출국했어요?

ji.geum/be*.yong.ju.ni/i.mi/chul.gu.ke*.sso*.yo

現在裴勇俊已經出國了嗎？

B 글쎄요. 잘 모르겠는데요.

geul.sse.yo//jal/mo.reu.gen.neun.de.yo

這個嘛！我也不清楚。

應用句子

▶ 글쎄, 어찌할지는 모르겠어요.

geul.sse//o*.jji.hal.jji.neun/mo.reu.ge.sso*.yo

是呀！不知道該怎麼做。

▶ 글쎄, 어떤 게 더 좋아?

geul.sse//o*.do*n/ge/do*/jo.a

很難說，哪個比較好啊？

나도.

na.do

我也是。

說 明

「도」這個字是「也」的意思。當人、事、物有相同的特點時，就可以用這個字來表現。「나」這個字是「我」的意思；也可以使用「저」。

會 話

Ⓐ 나는 어제 동대문에 갔었어.

na.neun/o*.je/dong.de*.mu.ne/ ga.sso*.sso*

我昨天去了東大門。

Ⓑ 정말? 나도 거기에 갔었어.

jo*ng.mal//na.do/go*.gi.e/ ga.sso*.sso*

真的嗎？我昨天也去了耶！

應用句子

▶ 나도 한국어를 배워야 돼요.

na.do/han.gu.go*.reul/be*.wo.ya/dwe*.yo

我也應該學韓文。

▶ 그때 저도 학교에 있었어요.

geu.de*/jo*.do/hak.gyo.e/i.sso*.sso*.yo

那時我也在學校。

요즘.
yo.jeum
最近。

說明

「요즘」是用來表達最近的時間。也可以使用「요사이」或「근래」。

會話

Ⓐ 요즘 참 열심히 공부하네요.

yo.jeum/cham/yo*l.sim.hi/gong.bu.ha,ne.yo

最近你真的很用功呢?

Ⓑ 다음주의 시험을 생각하면 무서워요.

da.eum.ju.ui/si.ho*.meul/sse*ng.ga.ka.myo*n/mu.so*.wo.yo

一想到下星期的考試,就覺得很害怕。

應用句子

▶ 요즘은 운이 그리 좋지 않다.

yo.jeu.meun/u.ni/geu.ri/jo.chi/an.ta

最近的運氣不太好。

▶ 요즘 날씨가 좋지 않아요.

yo.jeum/nal.ssi.ga/jo.chi/a.na.yo

最近天氣不好。

아마.

a.ma

可能。

說　明

對某件事無法精確地做判定時，可以使用「아마」來表示某種程度的可能性。相當於中文的「也許、恐怕、大概」。

會　話

A 아마 너는 아직 모를거야.

a.ma/no*.neun/a.jik/mo.reul.go*.ya

你恐怕還不知道。

B 무슨 일?

mu.seun/il

什麼事？

應用句子

▶ 그녀는 아마 내일 서울에 도착할거야.

geu.nyo*.neun/a.ma/ne*.il/so*.u.re/do.cha.kal.go*.ya

她大概明天抵達首爾。

▶ 아마 그럴지도 모르지.

a.ma/geu.ro*l/ji.do/mo.reu.ji

也許是那樣吧！

어쩌면.

o*.jjo*.myo*n

搞不好。

說 明

「어쩌면」和「아마」的用法相當類似，表示「也許、恐怕、搞不好」之意。

會 話

Ⓐ 그녀는 어쩌면 오지 않을 지도 몰라.

geu.nyo*.neun/o*.jjo*.myo*n/o.ji/a.neul/jji.do/mol.la

也許她不會來了。

Ⓑ 그럴 리가 없어! 반드시 올거야.

geu.ro*l/ri.ga/o*p.sso*//ban.deu.si/ol.go*.ya

不可能，一定會來的。

應用句子

▶ 내일 어쩌면 또 비가 내릴 것이다.

ne*.il/o*.jjo*.myo*n/do/bi.ga/ne*.ril/go*.si.da

明天也許又下雨。

▶ 어쩌면 일주일정도의 시간이 더 걸릴지 몰라.

o*.jjo*.myo*n/il.ju.il.jo*ng.do.ui/si.ga.ni/do*/go*l.lil.ji/mol.la

也許還要花上一星期的時間。

어쩌면.

o*.jjo*.myo*n

怎麼會。

說明

「어쩌면」也有「到底是怎麼辦到的？」或「怎麼會？」的意思。另外，「어쩌면」也是「어찌하면」的略語，表示「不知該怎麼做」之意。

會話

Ⓐ 어쩌면 그렇게 예쁠까?

o*.jjo*.myo*n/geu.ro*.ke/ye.beul.ga

你怎麼會那麼漂亮啊？

Ⓑ 과찬이십니다!

gwa.cha.ni.sim.ni.da

您過獎了。

應用句子

▶ 어쩌면 이렇게 잘 했습니까?

o*.jjo*.myo*n/i.ro*.ke/jal/he*t.sseum.ni.ga

怎麼會做得這麼好啊？

▶ 어쩌면 좋을지 모르겠어요.

o*.jjo*.myo*n/jo.eul.jji/mo.reu.ge.sso*.yo

不知該怎麼做才好。

네 / 예.
ne//ye
什麼！／啊？／嗯！

說 明

當對方所說的話，自己一時反應不過來，或是感到措手不及的時候，就可以用這句話來表示自己的驚慌。當然，也可以表示肯定的意思。

會 話

Ⓐ 모두 3만원이에요.
mo.du/sam.ma.nwo.ni.e.yo
總共是 3 萬元。

Ⓑ 네? 왜 이렇게 비싸요?
ne//we*/i.ro*.ke/bi.ssa.yo
什麼！怎麼會這麼貴？

應用句子

▶ 저 좀 도와주세요. 예?
jo*/jom/do.wa.ju.se.yo//ye
請幫我的忙，好嗎？

▶ 네? 뭐라고요?
ne//mwo.ra.go.yo
啊？你說什麼？

C hapter 3

簡單文法篇

• track 040

가 / 이.

ga//i

主格助詞。

說 明

「가/이」是主格助詞，母音後面接「가」，子音後面「이」。例如，下雨「비가 오다」，山高是「산이 높다」。「께서」是「가/이」的敬語用法。

會 話

Ⓐ 선생님께서 학교에 오셨어요?

so*n.se*ng.nim.ge.so*/hak.gyo.e/o.syo*.sso*.yo

老師來學校了嗎？

Ⓑ 네. 제가 아까 선생님을 봤어요.

ne//je.ga/a.ga/so*n.se*ng.ni.meul/bwa.sso*.yo

是的，我剛才看到老師了。

應用句子

▶ 이번에는 제가 할게요.

i.bo*.ne.neun/je.ga/hal.ge.yo

這次由我來做。

▶ 사장님께서 이미 퇴근하셨어요.

sa.jang.nim.ge.so*/i.mi/twe.geun.ha.syo*.sso*.yo

社長已經下班了。

• track 041

는 / 은.
neun//eun
補助詞。

說 明

「는／은」是補助詞，有突顯主題、對照、強調等的功能。有時，可以當作主格助詞。「가／이」可以使用在敘述新事物的時候，「는／은」則是敘述已知的事物，有強調的意思。要特別注意兩者的差別。

會 話

A 오늘은 집에서 쉬세요. 일은 제가 알아서 할께요.

o.neu.reun/ji.be.so*/swi.se.yo//i.reun/je.ga/a.ra.so*/hal.ge.yo

你今天在家休息吧！事情我來處理就好。

B 네. 그럼 잘 부탁 드려요.

ne//geu.ro*m/jal/bu.tak/deu.ryo*.yo

好的，那麼就麻煩你了。

應用句子

▶한복은 한국의 대표적인 복식입니다.
han.bo.geun/han.gu.gui/de*.pyo.jo*.gin/bok.ssi.gim.ni.da
韓服是韓國代表性的服飾。

▶저는 부자입니다.
jo*.neun/bu.ja.im.ni.da
我是有錢人。

를 / 을.

reul//eul

目的格助詞。

說 明

「를／을」是目的格助詞，接在動詞作用的對象後方。母音後面接「를」，子音後面「을」。例如，穿裙子「치마를 입다」，聽音樂「음악을 듣다」。

會 話

A 대학에서 무엇을 전공했어요?

de*.ha.ge.so*/mu.o*.seul/jjo*n.gong.he*.sso*.yo?

你大學讀主修什麼呢？

B 한국어 학과를 전공했어요.

han.gu.go*/hak.gwa.reul/jjo*n.gong.he*.sso*.yo

主修韓國學。

應用句子

▶ 빵을 먹고 우유를 마셔요.

bang.eul/mo*k.go/u.yu.reul/ma.syo*.yo

吃麵包，喝牛奶。

▶ 무엇을 샀어요?

mu.o*.seul/ssa.sso*.yo

你買了什麼呢？

▶ 그녀를 보면 엄마가 생각나요.

geu.nyo*.reul/bo.myo*n/o*m.ma.ga/se*ng.gang.na.yo

看到她，就會想起媽媽。

• track 042

> # 도.
> **do**
> 也。

說 明

「도」是補助詞，有「也」的意思。另外，也有「強調」的意涵。

會 話

Ⓐ 아줌마, 이것도 천원이에요?
a.jum.ma//i.go*t.do/cho*.nwo.ni.e.yo
大媽，這個也一千元嗎？

Ⓑ 아니요. 그건 삼천원입니다.
a.ni.yo//geu.go*n/sam.cho*.nwo.nim.ni.da
不是的，那是三千元。

應用句子

▶ 너도 고등학생이야?
no*.do/go.deung.hak.sse*ng.i.ya
你也是高中生嗎？

▶ 그 사람도 같이 밥을 먹을 거예요?
geu/sa.ram.do/ga.chi/ba.beul/mo*.geul/go*.ye.yo
那個人也會一起去吃飯嗎？

▶ 요즘 돈도 없고 시간도 없어요.
yo.jeum/don.do/o*p.go/si.gan.do/o*p.sso*.yo
最近沒錢也沒時間。

와 / 과 / 하고.

wa//gwa//ha.go

和。/跟。

說 明

「와/과/하고」有「和、跟」的意思。母音後面接「와」，子音後面「과」。「하고」則是較口語性的用法。

會 話

Ⓐ 나하고 약속한 일을 잊지 말아요.

na.ha.go/yak.sso.kan/i.reul/it.jji/ma.ra.yo

不要忘記和我約定好的事。

Ⓑ 잊지 않을께요.

it.jji/a.neul.ge.yo

我不會忘記的。

應用句子

▶ 저는 커피와 콜라를 좋아해요.

jo*.neun/ko*.pi.wa/kol.la.reul/jjo.a.he*.yo

我喜歡咖啡和可樂。

▶ 어제 준수와 숙미는 결혼했어요.

o*.je/jun.su.wa/sung.mi.neun/gyo*l.hon.he*.sso*.yo

昨天俊秀和淑美結婚了。

▶ 옷장 안에는 옷과 바지가 있습니다.

ot.jjang/a.ne.neun/ot.gwa/ba.ji.ga/it.sseum.ni.da

衣櫃內有衣服和褲子。

• track 043

에.

e

場所、時間。

說 明

「에」是助詞，可以表示地點、場所、時間、方向等，根據「에」前面銜接名詞的不同，意思也會跟著不同。

會 話

A 언제 미국에 갈 거예요?

o*n.je/mi.gu.ge/gal/go*/ye.yo

你何時去美國呢？

B 다음달에 미국에 갈 거예요.

da.eum.da.re/mi.gu.ge/gal/go*.ye.yo

我下個月要去美國。

應用句子

▶ 이 물건을 사장님 댁에 보내세요.

i/mul.go*.neul/ssa.jang.nim/de*.ge/bo.ne*.se.yo

請將這物品送到社長家。

▶ 그 위에 카메라가 있어요.

geu/wi.e/ka.me.ra.ga/i.sso*.yo

那上面有相機。

▶ 시내에 가려면 어떻게 가야 합니까?

si.ne*.e/ga.ryo*.myo*n/o*.do*.ke/ga.ya/ham.ni.ga

如果要去市內，該怎麼去呢？

• track 043

에서.

e.so*

位置、出發點。

說 明

「에서」是助詞，可以表示所在位置、出發點等。使用在地點、場所的時候，「에서」比「에」更能強調所在場所內的動作性。

會 話

A 너는 방에서 뭘 하고 있니?

no*.neun/bang.e.so*/mwol/ha.go/in.ni

你在房間做什麼呢？

B 게임을 하고 있어요.

ge.i.meul/ha.go/i.sso*.yo

我在玩遊戲。

應用句子

▶ 서울에서 부산까지 자동차로 얼마나 걸려요?

so*.u.re.so*/bu.san.ga.ji/ja.dong.cha.ro/o*.l.ma.na/
go*.l.lyo*.yo

從首爾到釜山開車要花多少時間？

▶ 집에서 청소를 해요.

ji.be.so*/cho*ng.so.reul/he*.yo

在家裡打掃。

▶ 길에서 옷 한벌을 샀어요.

gi.re.so*/ot/han.bo*.reul/ssa.sso*.yo

在路上，買了一件衣服。

부터.

bu.to*

從…／自…。

說明

「부터」是補助詞，表示動作或狀態開始的時間或空間。相當於中文的「從…／自…」之意。

會話

Ⓐ 언제부터 이 일을 시작했습니까?

o*.n.je.bu.to*/i/i.reul/ssi.ja.ke*t.sseum.ni.ga

您從什麼時候，開始做這個工作的呢？

Ⓑ 작년부터 계속 이일을 하고 있습니다.

jang.nyo*n.bu.to*/gye.sok/i.i.reul/ha.go/it.sseum.ni.da

從去年開始，就一直做這個工作。

應用句子

▶ 여기서부터 다 내 집이야.

yo*.gi.so*.bu.to*/da/ne*/ji.bi.ya

從這裡開始，都是我的家。

▶ 할 일이 너무 많아서 무엇부터 해야 할지 모르겠어요.

hal/i.ri/no*.mu.ma.na.so*/mu.o*t.bu.to*/he*.ya/hal.jji/mo.reu.ge.sso*.yo

要做的事情太多了，不知道該從什麼做起。

▶ 남쪽부터 북쪽까지.

nam.jjok.bu.to*/buk.jjok.ga.ji

從南到北。

• track 044

까지.
ga.ji
到…為止。

說明

「까지」是補助詞，表示時間、空間、動作或狀態的結束界線。相當於中文的「到…為止」。

會話

A 어제 왜 안 왔어? 난 밤 열두시까지 기다렸는데.

o*.je/we*/an/wa.sso*//nan/bam/yo*l.du.si.ga.ji/gi.da.ryo*n.neun.de

昨天你為什麼沒來？我一直等到晚上 12 點。

B 미안해. 어제 급한 일이 있었어.

mi.an.he*//o*.je/geu.pan/i.ri/i.sso*.sso*

對不起，昨天有急事。

應用句子

▶ 이 책을 어디까지 읽으면 돼요?

i/che*.geul/o*.di.ga.ji/il.geu.myo*n/dwe*.yo

這本書要讀到哪裡呢？

▶ 당신까지 나를 의심 하는거야?

dang.sin.ga.ji/na.reul/ui.sim/ha.neun.go*.ya

連你都懷疑我嗎？

▶ 공항까지 가는 길인데 같이 갑시다.

gong.hang.ga.ji/ga.neun/gi.rin.de/ga.chi/gap.ssi.da

我正要去機場的路上，一起去吧！

• track 045

로 / 으로.

ro//eu.ro

方向、手段。

說 明

「로／으로」是助詞，可以表示方向、手段、方法等意思。母音後面接「로」，子音後面接「으로」。

會 話

Ⓐ 이 버스는 어디로 가요?

i/bo*.seu.neun/o*.di.ro/ga.yo

這公車是往哪裡走呢？

Ⓑ 동대문으로 가요.

dong.de*.mu.neu.ro/ga.yo

往東大門的方向。

應用句子

▶ 내 핸드폰이 어디로 갔지? 방금 여기에 있었는데.

ne*/he*n.deu.po.ni/o*.di.ro/gat.jji//bang.geum/yo*.gi.e/i.sso*n.neun.de

我的手機跑去哪裡了？剛才還在這裡。

▶ 이 병은 약으로 고쳐야 돼요.

i/byo*ng.eun/ya.geu.ro/go.cho*.ya/dwe*.yo

這個病必須用藥來醫治。

▶ 버스로 시골에 갔습니다.

bo*.seu.ro/si.go.re/gat.sseum.ni.da

搭公車去了鄉下。

• track 045

만.

man

單單／只。

說 明

「만」是補助詞，主要表示「只」、「唯一」的意思。

會 話

Ⓐ 모두 왔는데 너만 안 왔어.

mo.du/wan.neun.de/no*.man/an/wa.sso*

全部的人都來了，只有你沒來。

Ⓑ 미안. 정말 가고 싶은데 다른 약속이 있었어

mi.an//jo*ng.mal/ga.go/si.peun.de/da.reun/yak.sso. gi/i.sso*.sso*

抱歉，我真的很想去，可是我有別的約會。

應用句子

▶ 왜 저만 괴롭히세요?

we*/jo*.man/gwe.ro.pi.se.yo

為什麼只欺負我呢？

▶ 술만 먹어도 배 불러요.

sul.man/mo*.go*.do/be*/bul.lo*.yo

光喝酒，就飽了。

▶ 마음만 먹으면 못 할 일이 없습니다.

ma.eum.man/mo*.geu.myo*n/mot/hal/i.ri/o*p. sseum.ni.da

只要下定決心，沒有辦不到的事情。

밖에 없다.

ba.ge o*p.da

只有。

說 明

「밖에」是補助詞，接在名詞後面。「밖에」的後面一定要接否定形態。例如，「밖에 없다」或「밖에 ~지 않다」，語意為「只有」、「只能」、「只會」。

會 話

Ⓐ 이만원 좀 빌려 주세요.

i.ma.nwon/jjom/bil.lyo*/ju.se.yo

借我兩萬元吧！

Ⓑ 난 지금 만원밖에 없거든요.

nan/ji.geum/ma.nwon.ba.ge/o*p.go*.deu.nyo

我現在只有一萬元耶！

應用句子

▶ 보고서 제출 마감일이 하루밖에 안 남았어요.

bo.go.so*/je.chul/ma.ga.mi.ri/ha.ru.ba.ge/an/na.ma.sso*.yo

繳交報告書的最後期限只剩下一天了。

▶ 우리에게는 이 방법밖에 없어요.

u.ri.e.ge.neun/i/bang.bo*p.ba.ge/o*p.sso*.yo

我們只有這個方法了。

▶ 어제 두시간밖에 못 잤어요.

o*.je/du.si.gan.ba.ge/mot.ja.sso*.yo

我昨天只睡了兩個小時。

보다.
bo.da
比較。

說明

「보다」是助詞，接在名詞後面，表示比較的對象。
只能使用在兩個事物的比較文句內。相當於中文的「A
比B更…」。

會話

Ⓐ 한국은 대만보다 더 춥죠?
han.gu.geun/de*.man.bo.da/do*/chup.jjyo
韓國比台灣還冷吧？

Ⓑ 당연하죠. 눈도 많이 와요.
dang.yo*n.ha.jyo//nun.do/ma.ni/wa.yo
當然囉！也很會下雪。

應用句子

▶지하철이 버스보다 더 빠릅니다.
ji.ha.cho*.ri/bo*.seu.bo.da/do*/ba.reum.ni.da
地鐵比公車還快。

▶저는 드라마보다 영화가 더 좋아요.
jo*.neun/deu.ra.ma.bo.da/yo*ng.hwa.ga/do*/jo.a.yo
比起連續劇，我更喜歡電影。

▶금년에는 작년보다 운이 더 좋아.
geum.nyo*.ne.neun/jang.nyo*n.bo.da/u.ni/do*/jo.a
今天比去年運氣好。

• track 047

에게 / 한테 / 께.

e.ge//han.te//ge

對…／向…。

說 明

「에게／한테／께」是助詞，主要接在動作所及的對象名詞後面。相當於中文的「對…／向…／給…」。「한테」是口語化的用法，「께」是「에게」的敬語。

會 話

Ⓐ 친구에게 전화를 했는데 안 받았어요.

chin.gu.e.ge/jo*n.hwa.reul/he*n.neun.de/an/ba.da.sso*.yo

打電話給朋友了，但是他卻沒接電話。

Ⓑ 다시 한번 걸어 봐요.

da.si/han.bo*n/go*.ro*/bwa.yo

再打一次看看吧！

應用句子

▶ 물리는 나한테 너무 어려운 것 같아요.

mul.li.neun/na.han.te/no*.mu/o*.ryo*.un/go*t/ga.ta.yo

物理對我來説，似乎太難了。

▶ 할아버지께 인사를 드렸어요.

ha.ra.bo*.ji.ge/in.sa.reul/deu.ryo*.sso*.yo

向爺爺打招呼了。

▶ 이 옷은 나에게 안 어울려요.

i/o.seun/na.e.ge/an/o*.ul.lyo*.yo

這衣服不適合我。

에게서 / 한테서.

e.ge.so*//han.te.so*

出處、來源。

說明

「에게서/한테서」是助詞，接在人物名詞的後面，表示出處或來源。「한테서」是口語化的用法。相當於中文的「從…/跟…/向…」。

會話

A 이 소식은 누구한테서 들었어요?

i/so.si.geun/nu.gu.han.te.so*/deu.ro*.sso*.yo

這消息你是從哪聽到的？

B 제 친구한테서 들었어요.

je/chin.gu.han.te.so*/deu.ro*.sso*.yo

我從朋友那聽到的。

應用句子

▶일본 친구한테서 초대를 받았어요.

il.bon/chin.gu.han.te.so*/cho.de*.reul/ba.da.sso*.yo

受到了日本朋友的招待。

▶아버지에게서 선물을 받았어요.

a.bo*.ji.e.ge.so*/so*n.mu.reul/ba.da.sso*.yo

從爸爸那收到禮物。

▶선배에게서 배웠어요.

so*n.be*.e.ge.so*/be*.wo.sso*.yo

向前輩學的。

이다.

i.da

是。

說 明

「이다」為「是」的意思，否定形態為「아니다」。
使用在主語和述語是統一的文章內，或使用在指定事
物的時候。

會 話

Ⓐ 그 분이 누구십니까?

geu/bu.ni/nu.gu.sim.ni.ga

那一位是誰呢？

Ⓑ 제 어머니입니다.

je/o*.mo*.ni.im.ni.da

是我媽媽。

應用句子

▶나는 재벌이 아닙니다.

na.neun/je*.bo*.ri/a.nim.ni.da

我不是財閥。

▶이번 실수는 내 잘못이 아니야.

i.bo*n/sil.su.neun/ne*/jal.mo.si/a.ni.ya

這次的失誤不是我的錯。

▶여기가 회사예요.

yo*.gi.ga/hwe.sa.ye.yo

這裡是公司。

•track 048

고 있다.

go it.da

正在進行。

說 明

「～고 있다」表示動作的進行、持續性的行為、結果狀態的持續。「～고 계시다」是敬語的型態。

會 話

Ⓐ 준수야, 지금 뭘 해?
jun.su.ya//ji.geum/mwol/he*
俊秀啊，你現在在做什麼呢？

Ⓑ 숙제를 하고 있어요.
suk.jje.reul/ha.go/i.sso*.yo
在做作業。

應用句子

▶ 사장님은 뭘 하고 계세요?
sa.jang.ni.meun/mwol/ha.go/gye.se.yo
社長現在在做什麼呢？

▶ 작년부터 한국어를 공부하고 있어요.
jang.nyo*n.bu.to*/han.gu.go*.reul/gong.bu.ha.go/i.
sso*.yo
我從去年開始，就一直在學習韓國語。

▶ 숙미는 예쁜 모자를 쓰고 있다.
sung.mi.neun/ye.beun/mo.ja.reul/sseu.go/it.da
淑美戴著漂亮的帽子。

고 싶다.

go/sip.da

想要。

說 明

「～고 싶다」表示希望、想要的意思。「～고 싶다」主要使用在主語是第一人稱的時候，如果是第二人稱就要使用疑問句。第三人稱則要使用「～고 싶어하다」。

會 話

A 당신은 나중에 무엇이 되고 싶습니까?

dang.si.neun/na.jung.e/mu.o*.si/dwe.go/sip.sseum.ni.ga

您以後要當什麼呢？

B 외교관이 되고 싶습니다.

we.gyo.gwa.ni/dwe.go/sip.sseum.ni.da

我想成為外交官。

應用句子

▶ 빨리 집에 가서 샤워하고 싶어요.

bal.li/ji.be/ga.so*/sya.wo.ha.go/si.po*.yo

想趕快回家洗澡。

▶ 그 사람은 꼭 당신과 사귀고 싶어해요.

geu/sa.ra.meun/gok/dang.sin.gwa/sa.gwi.go/si.po*.he*.yo

那個人一定要和你交往。

어 / 아 / 여서.

o*//a//yo*.so*

原因。

說明

「어／아／여서」為連接語尾，表示前句的動作或狀態會是後句的原因或條件。另外，也可以表示時間上的順序，前句的狀況發生之後，後句的狀況才會發生。

會話

A 왜 안 자요?

we*/an/ja.yo

為什麼不睡覺呢？

B 처리할 일이 많아서 일찍 잘 수 없어요.

cho*.ri.hal/i.ri/ma.na.so*/il.jjik/jal/ssu/o*p.sso*.yo

要處理的事情很多，沒辦法早睡。

應用句子

▶ 눈이 와서 길이 미끄러워요.

nu.ni/wa.so*/gi.ri/mi.geu.ro*.wo.yo

因為下雪了，所以路上很滑。

▶ 회사에 가서 과장님을 만났어요.

hwe.sa.e/ga.so*/gwa.jang.ni.meul/man.na.sso*.yo

去公司見了課長。

▶ 백화점에 가서 선물을 샀어요.

be*.kwa.jo*.me/ga.so*/so*n.mu.reul/ssa.sso*.yo

去百貨公司買了禮物。

안 / 못.

an//mot

不要。/ 不能。

說明

「안/못」使用在否定句上，兩者有不同之處。「안」表示主觀性的不願意、不想；「못」表示能力上的不行、不能、無法。另外，也可以使用「～지 않다」或「～지 못하다」。

會話

Ⓐ 이런 이상한 음식은 안 먹어.
i.ro*n/i.sang.han/eum.si.geun/an/mo*.go*
我不吃這種奇怪的食物。

Ⓑ 못 먹겠지?
mot/mo*k.get.jji
是不能吃吧？

應用句子

▶ 다시 그와 만나지 않겠다.
da.si/geu.wa/man.na.ji/an.ket.da
我不會再和他見面。

▶ 사실은 학교에 가지 않았어요.
sa.si.reun/hak.gyo.e/ga.ji/a.na.sso*.yo
事實上，我沒有去學校。

▶ 다리가 너무 아파서 걷지 못해요.
da.ri.ga/no*.mu/a.pa.so*/go*t.jji/mo.te*.yo
腳太痛了，所以沒辦法走路。

• track 050

(으)ㄹ 수 있다.

(eu)r/su/it.da

可以。／可能。

說 明

「～(으)ㄹ 수 있다」可以表示可能性或能力。如果要表示沒有某種可能性或能力，可以使用「～(으)ㄹ 수 없다」。

會 話

A 나를 좀 도와줄 수 있어요?

na.reul/jjom/do.wa.jul/su/i.sso*.yo

可以幫忙我一下嗎？

B 네. 말씀하세요.

ne//mal.sseum.ha.se.yo

好的，請說。

應用句子

▶ 저도 운전할 수 있어요.

jo*.do/un.jo*n.hal/ssu/i.sso*.yo

我也會開車。

▶ 오늘은 일찍 퇴근할 수 없습니다.

o.neu.reun/il.jjik/twe.geun.hal/ssu/o*p.sseum.ni.da

今天沒辦法早點下班。

▶ 어쩔 수 없어요.

o*.jjo*l/su/o*p.sso*.yo

沒辦法。

(으)ㄹ까요?

(eu)r.ga.yo

要不要…呢？

說 明

「(으)ㄹ까요?」為終結語尾，使用在疑問句。如果想要詢問對方有關於自己未來的行為，或是詢問對方「要不要一起…呢？」時，就可以使用「(으)ㄹ까요?」。

會 話

Ⓐ 같이 여행을 갈까요?

ga.chi/yo*.he*ng.eul/gal.ga.yo

要不要一起去旅行呢？

Ⓑ 좋죠. 어디에 가고 싶어요?

jo.chyo//o*.di.e/ga.go/si.po*.yo

好啊！想去哪裡呢？

應用句子

▶ 문을 닫을까요?

mu.neul/da.deul.ga.yo

要不要關門？

▶ 그 사람은 올까요?

geu/sa.ra.meun/ol.ga.yo

那個人會來嗎？

▶ 해볼까?

he*.bol.ga

要試試嗎？

거든요.

go*.deu.nyo

説明事實。

說 明

「거든요」是終結語尾，主要使用在說明對方所不知道的某種理由或某種事實的時候。

會 話

Ⓐ 어디 가? 나 할 말 있어.

o*.di/ga//na/hal/mal/i.sso*

你要去哪？我還有話要説。

Ⓑ 내가 급한 일이 있거든. 나중에 얘기하지.

ne*.ga/geu.pan/i.ri/it.go*.deun//na.jung.e/ye*.gi.ha.ji

我有急事，以後再説吧！

應用句子

▶ 요즘은 그 커피숍에 자주 가요. 좋아하는 여자가 거기에 있거든요.

yo.jeu.meun/geu/ko*.pi.syo.be/ja.ju.ga.yo//jo.a.ha.neun/yo*.ja.ga.go*.gi.e/it.go*.deun.nyo

我最近常去那家咖啡廳。因為我喜歡的女生在那裡。

▶ 그 사람이 아직 살아있거든.

geu/sa.ra.mi/a.jik/sa.ra.it.go*.deun

那個人還活著呢！

잖아요.

ja.na.yo

說明已知事實。

說 明

「잖아요」主要使用在說明對方也知道的事實或理由。

會話 1

Ⓐ 왜 이렇게 옷을 많이 입었어요?

we*/i.ro*.ke/o.seul/ma.ni/i.bo*.sso*.yo

你衣服為什麼穿這麼多呢？

Ⓑ 날씨가 춥잖아요.

nal.ssi.ga/chup.jja.na.yo

天氣很冷嘛！

會話 2

Ⓐ 한국 사람들은 등산을 참 좋아하는 것 같아요.

han.guk/sa.ram.deu.reun/deung.sa.neul/cham/jo.a. ha.neun/go*t/ga.ta.yo

韓國人好像很喜歡爬山。

Ⓑ 건강에 좋잖아요.

go*n.gang.e/jo.cha.na.yo

對健康很好嘛！

자.

ja

勸誘、建議。

說明

「자」主要使用在規勸或建議對方一起去做某種行動的時候。敬語的用法可以使用「(으)ㅂ시다」。

會話

Ⓐ 우리 놀러 가자.

u.ri/nol.lo*/ga.ja

我們去玩吧！

Ⓑ 안 돼. 난 일이 많아. 못 가.

an/dwe*//nan/i.ri/ma.na//mot/ga

不行！我事情很多，不能去。

應用句子

▶ 좀 더 기다려 봅시다.

jom/do*/gi.da.ryo*/bop.ssi.da

再等一下吧！

▶ 방을 깨끗하게 청소하자.

bang.eul/ge*.geu.ta.ge/cho*ng.so.ha.ja

一起把房間打掃乾淨吧！

▶ 그럼 시작합시다.

geu.ro*m/si.ja.kap.ssi.da

那麼，就開始吧！

(으)ㅂ시오.
(eu)b.si.o
命令。

說明

「(으)ㅂ시오」是命令型，表示「請求」或「盼望」，接在動詞後方。命令的否定型態是「지 마십시오」。另外，也可以表示「祝福」之意。

會話

Ⓐ 잘 생각해서 대답하십시오.
jal/sse*ng.ga.ke*.so*/de*.da.pa.sip.ssi.o
想清楚後，請回答我。

Ⓑ 네. 알겠습니다.
ne//al.get.sseum.ni.da
好的，知道了。

應用句子

▶ 건강하십시오.
go*n.gang.ha.sip.ssi.o
祝您健康。

▶ 용서하십시오.
yong.so*.ha.sip.ssi.o
請原諒我！

▶ 낙서 하지 마십시오.
nak.sso*/ha.ji/ma.sip.ssi.o
請不要亂塗鴉。

같다.

gat.da

一樣。

說 明

「같다」有一樣、相同的意思。如果想要形容某事物像什麼一樣，就可以使用「와／과 같다」的句型。

會 話

A 너의 키가 네 형과 같네.

no*.ui/ki.ga/ni/hyo*ng.gwa/gan.ne

你的身高和你哥哥一樣耶！

B 그럼. 우리 쌍둥이잖아.

geu.ro*m//u.ri/ssang.dung.i.ja.na

當然囉！我們是雙胞胎嘛！

應用句子

▶ 같은 목표를 향해 노력하자.

ga.teun/mok.pyo.reul/hyang.he*/no.ryo*.ka.ja

一起朝著相同的目標努力吧！

▶ 이것은 저것과 똑같아요.

i.go*.seun/jo*.go*t.gwa/dok.ga.ta.yo

這個和那個一樣。

처럼.

cho*.ro*m

像…一樣。

說 明

「처럼」是助詞，有像、如同之意，與「같이」的意思相近。

會 話

A 저 사람은 영화배우처럼 잘 생겼어요.

jo*/sa.ra.meun/yo*ng.hwa.be*.u.cho*.ro*m/jal/sse*ng.gyo*.sso*.yo

那個人像電影演員一樣，長得很帥。

B 저 사람 영화배우 맞거든요.

jo*/sa.ram/yo*ng.hwa.be*.u/mat.go*.deu.nyo

那個人的確是電影演員。

應用句子

▶긴장하지 말고 평소처럼 하면 돼.

gin.jang.ha.ji/mal.go/pyo*ng.so.cho*.ro*m/ha.myo*n/dwe*

不要緊張，像平時一樣就可以了。

▶넌 서른 살이지만 아가씨처럼 보인다.

no*n/so*.reun/sa.ri.ji.man/a.ga.ssi.cho*.ro*m/bo.in.da

雖然你 30 歲了，但看起來還像是個小姐。

• track 054

(으)니까.

(eu)ni.ga

因為。

說明

「(으)니까」是連結語尾，前句是後句的原因或理由。
如果想針對對方說的話，給予回應或解釋時，也可以
使用這個句型。

會話 1

A 추우니까 방으로 들어 가.

chu.u.ni.ga/bang.eu.ro/deu.ro*/ga

天氣冷，回房間去吧！

B 알았어. 이따가 들어 갈게.

a.ra.sso*//i.da.ga/deu.ro*/gal.ge

知道了，等一下就進去。

會話 2

A 여기 왜 차가 이렇게 막히지?

yo*.gi/we*/cha.ga/i.ro*.ke/ma.ki.ji

這裡為什麼這麼塞呢？

B 퇴근 시간이니까요.

twe.geun/si.ga.ni.ni.ga.yo

因為是下班時間。

應用句子

▶ 시간이 없으니까 빨리 가세요.

si.ga.ni/o*p.sseu.ni.ga/bal.li/ga.se.yo

沒有時間了，請您快走吧！

지 말다.

ji/mal.da

請不要⋯。

說 明

「～지 말다」是在勸誘或命令他人時所使用的句型。
當自己想要命令對方，不要去做某件事時，就可以使
用這個句型。敬語的用法是「～지 마십시오」。

會 話

Ⓐ 여기서 담배를 피우지 마십시오.
yo*.gi.so*/dam.be*.reul/pi.u.ji/ma.sip.ssi.o
請不要在這裡吸菸。

Ⓑ 아. 죄송합니다.
a//jwe.song.ham.ni.da
啊！對不起。

應用句子

▶ 쓰레기를 책상 위에 놓지 마세요.
sseu.re.gi.reul/che*k.ssang/wi.e/no.chi/ma.se.yo
請不要把垃圾放在書桌上。

▶ 울지 말아.
ul.ji/ma.ra
不要哭。

▶ 움직이지 마.
um.ji.gi.ji/ma
不准動。

• track 055

기 전에.
gi/jo*.ne
之前。

說明

「전에」表示「之前」的意思。如果要表示某個動作或行為之前，可以使用「기 전에」；如果要表示某個時間點之前，可以使用「전에」。

會話

Ⓐ 대만에 오기 전에 무엇을 하셨습니까?
de*.ma.ne/o.gi/jo*.ne/mu.o*.seul/ha.syo*t.sseum.ni.ga
您來台灣之前，在做什麼工作呢？

Ⓑ 대학교에서 한국어를 가르쳤습니다.
de*.hak.gyo.e.so*/han.gu.go*.reul/ga.reu.cho*t.sseum.ni.da
我在大學內教韓國語。

應用句子

▶ 나가기 전에 부모님께 인사를 해야 돼요.
na.ga.gi/jo*.ne/bu.mo.nim.ge/in.sa.reul/he*.ya/dwe*.yo
出門之前，應該先向父母親打聲招呼。

▶ 십년 전에 저희 할아버지께서 돌아가셨어요.
sim.nyo*n/jo*.ne/jo*.hi/ha.ra.bo*.ji.ge.so*/do.ra.ga.syo*.sso*.yo
十年前，我的爺爺過世了。

(으)ㄴ 후에.
(eu)n.hu.e
之後。

說 明

「후에」表示「之後」的意思。如果要表示某個動作或行為之後，可以使用「(으)ㄴ 후에」；如果要表示某個時間點之後，可以使用「후에」。

會 話

A 시험 끝난 후에 우리 뭘 할까?
si.ho*m/geun.nan/hu.e/u.ri/mwol/hal.ga
考試完後，我們要做什麼呢？

B 술이나 한잔 하자.
su.ri.na/han.jan/ha.ja
一起去喝一杯吧！

應用句子

▶ 그녀는 결혼한 후에 소식이 끊겼어요.
geu.nyo*.neun/gyo*l.hon.han/hu.e/so.si.gi/geun.
kyo*.sso*.yo
她結婚後，就沒了消息。

▶ 한 시간 후에 다시 여기서 만나자.
han/si.gan/hu.e/da.si/yo*.gi.so*/man.na.ja
我們一個小時後，在這裡見。

• track 056

이.

i

這。

說 明

「이」是指示代名詞，有「這個」的意思。如果要指示事物，可以使用「이」；如果要指稱場所，可以使用「여기」來表示「這裡」的意思。另外，「이」和「여기」是近稱，表指示的事物，離談話者很近。

會 話

A 이거 뭐예요?

i.go*/mwo.ye.yo

這是什麼？

B 친구에게 줄 선물이에요.

chin.gu.e.ge/jul/so*n.mu.ri.e.yo

要給朋友的禮物。

應用句子

▶ 여기는 사람이 많으니까 우리 다른 곳에 가자.

yo*.gi.neun/sa.ra.mi/ma.neu.ni.ga/u.ri/da.reun/go.se/ga.ja

這裡人很多，我們去別的地方吧！

▶ 여기가 어딥니까?

yo*.gi.ga/o*.dim.ni.ga

這裡是哪裡呢？

• track 057

ユ.
geu
那。

說明

「ユ」是指示代名詞，有「那個」的意思。如果要指示事物，可以使用「ユ」；如果要指稱場所，可以使用「거기」來表示「那裡」的意思。另外，「ユ」和「거기」是中稱，表指示的事物，離聽話者近，離談話者遠。

會話 1

A ユ 영어사전을 좀 빌려줄래?

geu/yo*ng.o*.sa.jo*.neul/jjom/bil.lyo*.jul.le*

可以借我一下那個英語字典嗎？

B 응. 가져 가.

eung//ga.jo*/ga

嗯，拿去吧！

會話 2

A 넌 거기에서 자라.

no*n/go*.gi.e.so*/ja.ra

你在那裡睡。

B 싫어. 내 방에서 잘거야.

si.ro*//ne*/bang.e.so*/jal.go*.ya

不要，我要在我房間睡。

> 저.
> jo*
> 那。

說明

「저」是指示代名詞，有「那個」的意思。如果要指示事物，可以使用「저」；如果要指稱場所，可以使用「저기」來表示「那裡」的意思。另外，「저」和「저기」是遠稱，表指示的事物，離聽話者、談話者都遠。

會話

A 저 건물이 뭐예요?
jo*/go*n.mu.ri/mwo.ye.yo
那棟建築物是什麼？

B 은행이에요.
eun.he*ng.i.e.yo
是銀行。

應用句子

▶ 저기가 우리 기숙사예요.
jo*.gi.ga/u.ri/gi.suk.ssa.ye.yo
那裡是我們的宿舍。

▶ 저기가 경치 제일 좋은 곳입니다.
jo*.gi.ga/gyo*ng.chi/je.il/jo.eun/go.sim.ni.da
那裡是風景最好的地方。

들.
deul
複數。

說 明

「들」表示複數。主要使用在文章內名詞的複數型態，可以接在人或物的後面。

會 話

🅐 대부분의 아이들은 과자를 좋아해요.
de*.bu.bu.nui/a.i.deu.reun/gwa.ja.reul/jjo.a.he*.yo
大部分的孩子們都喜歡吃餅乾。

🅑 근데 우리 아들은 과자를 별로 좋아하지 않아요.
geun.de/u.ri/a.deu.reun/gwa.ja.reul/byo*l.lo/jo.a.ha.ji/a.na.yo
但是，我兒子不太喜歡吃餅乾。

應用句子

▶ 과일에는 사과, 바나나, 수박들이 있어요.
gwa.i.re.neun/sa.gwa//ba.na.na//su.bak.deu.ri/i.sso*.yo
水果中，有蘋果、香蕉和西瓜等。

▶ 손님들이 10시에 돌아가셨어요.
son.nim.deu.ri/yo*l.si.e/do.ra.ga.syo*.sso*.yo
客人們 10 點就回去了。

• track 058

저 / 나.

jo*//na

我。

說 明

「저/나」是第一人稱,「我」的意思。如果對長輩或社會階層高的人說話,就必須使用「저」;如果對晚輩、平輩或社會階層比自己低的人說話,就可以使用「나」。

會 話

Ⓐ 죄송합니다. 제가 잘못했습니다.

jwe.song.ham.ni.da//je.ga/jal.mo.te*t.sseum.ni.da

對不起,我錯了。

Ⓑ 다음에 다시 실수하면 안 돼. 알지?

da.eu.me/da.si/sil.su.ha.myo*n/an/dwe*//al.jji

下次不能再出錯了,知道嗎?

會 話

Ⓐ 민정아, 나는 오늘 못 가겠다.

min.jo*ng.a//na.neun/o.neul/mot/ga.get.da

敏貞,我今天不能去了。

Ⓑ 왜? 같이 가기로 약속했잖아.

we*//ga.chi/ga.gi.ro/yak.sso.ke*t.jja.na

為什麼?不是說好要一起去嗎?

우리 / 저희.

u.ri//jo*.hi

我們。

說明

「우리／저희」有「我們」的意思。如果對長輩或社會階層高的人說話，就必須使用「저희」；如果對晚輩、平輩或社會階層比自己低的人說話，就可以使用「우리」。

會話

Ⓐ 우리 오늘 시내 구경 갈까?

u.ri/o.neul/ssi.ne*/gu.gyo*ng/gal.ga

我們今天去逛市區吧？

Ⓑ 그래. 30분 후에 지하철 역에서 만나자.

geu.re*//sam.sip.bun/hu.e/ji.ha.cho*l/yo*.ge.so*/man.na.ja

好阿！30分後在地鐵站見吧！

應用句子

▶ 이것은 저희 회사에서 새로 개발한 제품입니다.

i.go*.seun/jo*.hi/hwe.sa.e.so*/se*.ro/ge*.bal.han/je.pu.mim.ni.da

這是我們公司新開發的產品。

▶ 저의 작은 성의입니다. 꼭 받아 주십시오.

jo*.ui/ja.geun/so*ng.ui.im.ni.da//gok/ba.da/ju.sip.ssi.o

這是我的一點小意思。 請務必收下。

당신 / 너 / 너희.

dang.sin//no*//no*.hi

您／你／你們。

說 明

「너」是第二人稱,「你」的意思。「당신」是敬語,表示「您」的意思,也使用在夫妻之間,稱呼對方時使用。「너희」是「你們」的意思,主要使用在稱呼平輩或晚輩的時候。

會 話

Ⓐ 당신은 누구십니까?

dang.si.neun/nu.gu.sim.ni.ga

您是哪位?

Ⓑ 나는 이회사의 사장이에요.

na.neun/i.hwe.sa.ui/sa.jang.i.e.yo

我是這間公司的社長。

應用句子

▶너는 누구야?

no*.neun/nu.gu.ya

你是誰啊?

▶얘, 너 몇 살이니?

ye*//no*/myo*t/sa.ri.ni

孩子,你幾歲?

▶너희도 나를 만나러 여기에 온 거야?

no*.hi.do/na.reul/man.na.ro*/yo*.gi.e/on/go*.ya

你們也是為了看我才來這的嗎?

• track 060

님.

nim

尊稱。

說 明

「님」表示尊稱。主要在口語中,以職務來稱呼該表示尊敬的對象或長輩。

會 話

Ⓐ 감독님, 수고하셨어요.

gam.dong.nim//su.go.ha.syo*.sso*.yo

導演,您辛苦了。

Ⓑ 그래. 다들 수고했어.

geu.re*//da.deul/su.go.he*.sso*

嗯,各位也辛苦了。

應用句子

▶ 아버님, 차를 드십시오.

a.bo*.nim//cha.reul/deu.sip.ssi.o

爸爸,請喝茶。

▶ 사장님, 어디 가십니까?

sa.jang.nim//o*.di/ga.sim.ni.ga

社長,您要去哪?

▶ 따님이 직업이 뭐예요?

da.ni.mi/ji.go*.bi/mwo.ye.yo

您女兒職業是什麼呢?

았 / 었 / 였.

at//o*t//yo*t

過去式。

說明

「았/었/였」表示過去的時態，接在動詞或狀態動詞之後。如果動詞後面的母音是「ㅏ.ㅗ」時，就接「았」；如果母音是「ㅓ.ㅜ.ㅡ.ㅣ」時，就接「었」；如果是하다類的動詞，就接「였」，兩者結合後會變成「했」。

會話

Ⓐ 왜 지각했어요?

we*/ji.ga.ke*.sso*.yo

為什麼遲到呢？

Ⓑ 미안해요. 오늘 좀 늦게 일어났어요.

mi.an.he*.yo//o.neul/jjom/neut.ge/i.ro*.na.sso*.yo

對不起，今天比較晚起床。

應用句子

▶ 그 일을 이미 잊어버렸어요.

geu/i.reul/i.mi/i.jo*.bo*.ryo*.sso*.yo

已經忘記那件事了。

▶ 그때는 인형이 정말 좋았어요.

geu.de*.neun/in.hyo*ng.i/jo*ng.mal/jjo.a.sso*.yo

那時真的很喜歡娃娃。

> # 겠.
> **get**
> 未來式。

說明

「겠」表示未來式,也表第一人稱的「意志」。如果文章中出現「겠」,表示未來話者做那件事情的可能性很高。

會話

Ⓐ 다시 연락하겠습니다.

da.si/yo*l.la.ka.get.sseum.ni.da

我會再聯絡您。

Ⓑ 네. 그럼 일을 잘 부탁해요.

ne//geu.ro*m/i.reul/jjal/bu.ta.ke*.yo

好的,那麼事情就拜託你了。

應用句子

▶ 은혜는 잊지 않겠습니다.

eun.hye.neun/it.jji/an.ket.sseum.ni.da

我不會忘記您的恩惠的。

▶ 일주일 안에 꼭 그 일을 끝내겠어요.

il.ju.il/a.ne/gok/geu.i.reul/geun.ne*.ge.sso*.yo

一週之內,我一定會完成那件事。

• track 061

(으)ㄹ 거예요.

(eu)r/go*.ye.yo

未來式。

說明

「(으)ㄹ 거예요」表示單純的未來。通常「내일明天」、「다음주下星期」等的時間名詞，會與「(으)ㄹ 거예요」一起出現在文章中。

會話

A 내일 뭘 할 거예요?

ne*.il/mwol/hal/go*.ye.yo

明天你要做什麼呢？

B 집에서 영화를 볼 거예요.

ji.be.so*/yo*ng.hwa.reul/bol/go*.ye.yo

我要在家看電影。

會話

A 너 지금 시간 있어?

no*/ji.geum/si.gan/i.sso*

你現在有時間嗎？

B 나 이따가 나갈 거야. 무슨 일이야?

na/i.da.ga/na.gal/go*.ya//mu.seun/i.ri.ya

我待會要出門了。什麼事？

아 / 어 / 여요.

a//o*//yo*.yo

終結語尾。

說明

「아／어／여요」是終結語尾，主要使用在對話之中，用來尊敬談話的對方。如果拿掉「요」會成為「半語」。半語沒有尊敬對方的成份，所以在與長輩或不熟識的人說話時，不可以使用。

會話

A 이름이 뭐예요?

i.reu.mi/mwo.ye.yo

你的名字是什麼？

B 김선희예요.

gim.so*n.hi.ye.yo

金善熙。

應用句子

▶ 당신 정말 예쁘네요.

dang.sin/jo*ng.mal/ye.beu.ne.yo

你真的很漂亮呢！

▶ 잠이 안 와?

ja.mi/an/wa

睡不著嗎？

▶ 왜 이렇게 늦어?

we*/i.ro*.ke/neu.jo*

為什麼這麼晚？

(ㅂ)습니다.

(b)seum.ni.da

終結語尾。

說明

「(ㅂ)습니다」是終結語尾，是相當正式的敬語用法。
「(ㅂ)습니까?」為疑問句的用法。如果再加上敬語
「시」，有更加尊敬對方的意思。

會話

Ⓐ 어떻게 오셨습니까?

o*.do*.ke/o.syo*t.sseum.ni.ga

您是怎麼來的呢？

Ⓑ 택시를 타고 왔습니다.

te*k.ssi.reul/ta.go/wat.sseum.ni.da

搭計程車來的。

應用句子

▶ 저는 회사원입니다.

jo*.neun/hwe.sa.wo.nim.ni.da

我是公司職員。

▶ 그 분이 우리 선생님이십니다.

geu/bu.ni/u.ri/so*n.se*ng.ni.mi.sim.ni.da

那位是我的老師。

▶ 연세가 어떻게 되십니까?

yo*n.se.ga/o*.do*.ke/dwe.sim.ni.ga

您的年齡是？

Chapter 4

發問徵詢篇

뭐.

mwo

什麼？

說 明

「뭐」是「무어」的略詞，表「什麼」之意。可以當作代名詞用，也可以當作感嘆詞，使用在自己驚訝時所發出的聲音。

會話 1

A 방금 대통령께서 뭐라고 말씀하셨어요?

bang.geum/de*.tong.nyo*ng.ge.so*/mwo.ra.go/mal.
sseum.ha.syo*.sso*.yo

剛才總統說什麼呢？

B 정식적으로 전쟁준비가 시작됐다고 하셨어요.

jo*ng.sik.jjo*.geu.ro/jo*n.je*ng.jun.bi.ga/si.jak.
dwe*t.da.go/ha.syo*.sso*.yo

他說正式開始準備戰爭事宜。

會話 2

A 뭐, 누구한테서 전화가 왔다고?

mwo//nu.gu.han.te.so*/jo*n.hwa.ga/wat.da.go

什麼？你說誰打電話來了？

B 경찰아저씨예요.

gyo*ng.cha.ra.jo*.ssi.ye.yo

警察叔叔。

누구.

nu.gu

誰？

說 明

「누구」有「誰」的意思，當作代名詞用。要問談話中所指的人是誰，或詢問他人是誰做了某事的時候，都可以使用「누구」。

會話 1

Ⓐ 누구세요?

nu.gu.se.yo

是誰呢？

Ⓑ 내 오빠예요.

ne*/o.ba.ye.yo

我的哥哥。

會話 2

Ⓐ 이것은 누구의 사전이야?

i.go*.seun/nu.gu.ui/sa.jo*.ni.ya

這是誰的字典？

Ⓑ 내꺼야. 고마워.

ne*.go*.ya//go.ma.wo

是我的。謝謝！

應用句子

▶ 어디서 오신 누구십니까?

o*.di.so*/o.sin/nu.gu.sim.ni.ga

您是從哪來的哪位呢？

몇.

myo*t

幾個?

說 明

「몇」有多少、幾的意思。主要使用在詢問他人數量的時候，幾個、幾位、幾個月等，都可以使用這個字。

會 話

Ⓐ 여기에 있는 사람은 모두 몇 명입니까?

yo*.gi.e/in.neun/sa.ra.meun/mo.du/myo*t/myo*ng.
im.ni.ga

這裡總共有幾個人？

Ⓑ 모두 삼천명이에요.

mo.du/sam.cho*n.myo*ng.i.e.yo

合計是三千人。

會 話

Ⓐ 과일은 모두 몇 개예요?

gwa.i.reun/mo.du/myo*t/ge*.ye.yo

水果有幾個呢？

Ⓑ 사과 두 개하고 귤 세 개, 모두 다섯 개예요.

sa.gwa/du/ge*.ha.go/gyul/se/ge*//mo.du/da.so*t/
ge*.ye.yo

蘋果兩個，橘子三個，總共是 5 個。

무슨.
mu.seun
什麼？

說 明

「무슨」有「什麼」的意思。主要用來詢問對方自己所不知道的人事物，當作冠形詞用，接在未知的名詞前方。例如，什麼事「무슨 일」。

會 話

Ⓐ 무슨 일이야?

mu.seun/i.ri.ya

有什麼事？

Ⓑ 부탁할 게 있어요. 들어 주시겠어요?

bu.ta.kal/ge/i.sso*.yo/deu.ro*/ju.si.ge.sso*.yo

有件事想拜託你，可以嗎？

應用句子

▶ 그것은 무슨 뜻입니까?

geu.go*.seun/mu.seun/deu.sim.ni.ga

那是什麼意思？

▶ 무슨 할 말이 있으면 말해 봐요.

mu.seun/hal/ma.ri/i.sseu.myo*n/mal.he*/bwa.yo

如果有什麼話要講就說吧！

▶ 이게 무슨 냄새지?

i.ge/mu.seun/ne*m.se*.ji

這是什麼味道？

무엇.

mu.o*t

什麼？

說 明

「무엇」是用來指稱自己所不知道的事物，當作代名詞用。例如，做什麼？「무엇을 해요?」。另外，「뭘」是「무엇을」的略語。

會話 1

Ⓐ 차선생은 무엇을 하십니까?

cha.so*n.se*ng.eun/mu.o*.seul/ha.sim.ni.ga

車先生您在做什麼（職業）呢？

Ⓑ 저는 한국어를 가르칩니다.

jo*.neun/han.gu.go*.reul/ga.reu.chim.ni.da

我在教韓語。

會話 2

Ⓐ 뭘 먹고 싶어요?

mwol/mo*k.go/si.po*.yo

你想吃什麼？

Ⓑ 야채비빔밥을 먹고 싶어요.

ya.che*.bi.bim.ba.beul/mo*k.go/si.po*.yo

我想吃蔬菜拌飯。

應用句子

▶ 당신은 여기 서서 뭘 봐요?

dang.si.neun/yo*.gi/so*.so*/mwol/bwa.yo

你站在這裡看什麼呢？

어느.
o*.neu

哪一個？

說 明

「어느」有哪一個、某個的意思，當作冠形詞用。例如，哪一個？「어느 것」、哪一方？「어느 편」。

會話 1

Ⓐ 죄송하지만 병원이 어느 쪽입니까?
jwe.song.ha.ji.man/byo*ng.wo.ni/o*.neu/jjo.gim.ni.ga

不好意思，請問醫院在哪個方向呢？

Ⓑ 저쪽입니다.
jo*.jjo.gim.ni.da

在那一邊。

會話 2

Ⓐ 너는 어느 학교 학생이니?
no*.neun/o*.neu/hak.gyo/hak.sse*ng.i.ni

你是哪個學校的學生呢？

Ⓑ 고려대학교의 학생입니다.
go.ryo.de*.hak.gyo.ui/hak.sse*ng.im.ni.da

我是高麗大學的學生。

應用句子

▶ 어느 날. / 어느 때.
o*.neu/nal//o*.neu/de*

某天。／某時。

• track 066

어디.

o*.di

哪裡?

說 明

如果要詢問人、事、物的位置在哪裡時，可以使用「어디」來表示疑問。尤其是在問路時，說出自己想去的地方，再加上「어디예요?」，就可以成功發問了。

會 話

Ⓐ 실례하지만 여기가 어디입니까?

sil.lye.ha.ji.man/yo*.gi.ga/o*.di.im.ni.ga

不好意思，請問這裡是哪裡呢?

Ⓑ 여기는 남대문시장입나다.

yo*.gi.neun/nam.de*.mun.si.jang.im.na.da

這裡是南大門市場。

會 話

Ⓐ 미숙아, 내일 어디에 가고 싶어?

mi.su.ga//ne*.il/o*.di.e/ga.go/si.po*

美淑，你明天想去哪裡啊?

Ⓑ 놀이공원에 가고 싶어.

no.ri.gong.wo.ne/ga.go/si.po*

我想去遊樂園。

어떻게.

o*.do*.ke

怎麼做？

說 明

「어떻다」是形容詞，有「怎麼樣」的意思。「어떻게」當作副詞用，有「怎麼樣、如何」的意思。

會 話

A 이 일은 어떻게 해야 돼요?

i/i.reun/o*.do*.ke/he*.ya/dwe*.yo

這事情應該要怎麼做呢？

B 아직 모르겠어요?

a.jik/mo.reu.ge.sso*.yo

你還不知道嗎？

應用句子

▶ 어떻게 팔아요?

o*.do*.ke/pa.ra.yo

怎麼賣呢？

▶ 할머니, 지하철역에 가려면 어떻게 가는지 아세요?

hal.mo*.ni//ji.ha.cho*.ryo*.ge/ga.ryo*.myo*n/o*.
do*.ke/ga.neun.ji/a.se.yo

奶奶，您知道該怎麼去地鐵站嗎？

▶ 어떻게 사장님이 될 수 있을까?

o*.do*.ke/sa.jang.ni.mi/dwel/su/i.sseul.ga

該怎麼做，才能成為社長呢？

• track 067

언제.

o*n.je

哪時？

說 明

想要向對方確認時間、日期的時候，使用這個關鍵字就可以順利溝通了。

會話 1

Ⓐ 우리는 언제 한국에 가요?

u.ri.neun/o*n.je/han.gu.ge/ga.yo

我們什麼時候去韓國呢？

Ⓑ 우리는 10월 10일에 한국에 갈 거예요.

u.ri.neun/si.bwol/si.bi.re/han.gu.ge/gal.go*.ye.yo

我們 10 月 10 日去韓國。

會話 2

Ⓐ 월급날이 언제입니까?

wol.geum.na.ri/o*n.je.im.ni.ga

發薪日是何時呢？

Ⓑ 매월 5일입니다.

me*.wol/o.i.rim.ni.da

每個月 5 號。

應用句子

▶ 방학은 언제부터입니까?

bang.ha.geun/o*n.je.bu.to*.im.ni.ga

什麼時候開始放假呢？

얼마나.

o*l.ma.na

多少?

說 明

如果要詢問對方物品的數量有多少,可以使用「얼마나」。另外,也可以表示「程度」,相當於中文的「多、多麼」。

會 話

Ⓐ 여기있는 책들이 얼마나 있는지 좀 세어 보세요.

yo*.gi.in.neun/che*k.deu.ri/o*l.ma.na/in.neun.ji/jom/se.o*/bo.se.yo

請算算看這裡的書有多少。

Ⓑ 네. 알겠습니다.

ne//al.get.sseum.ni.da

是的,知道了。

應用句子

▶ 부산은 여기서 얼마나 멀어요?

bu.sa.neun/yo*.gi.so*/o*l.ma.na/mo*.ro*.yo

釜山離這裡有多遠?

▶ 이 풍경은 얼마나 아름다운가!

i/pung.gyo*ng.eun/o*l.ma.na/a.reum.da.un.ga

這裡的風景真美啊!

• track 068

입니까?

im.ni.ga

是…嗎?

說 明

如果要詢問對方,人事物為何的時候,可以使用「…
입니까?」來詢問,有「…是…呢/嗎?」的意思。回
答的時候,可以使用「…입니다。」。

會話 1

Ⓐ 여러분이 존경하는 분은 누구입니까?

yo*.ro*.bu.ni/jon.gyo*ng.ha.neun/bu.neun/nu.gu.
im.ni.ga

各位尊敬的人是誰呢?

Ⓑ 우리가 제일 존경하는 인물은 세종대
왕입니다

u.ri.ga/je.il/jon.gyo*ng.ha.neun/in.mu.reun/se.jong.
de*.wang.im.ni.da

我們最尊敬的人是世宗大王。

會話 2

Ⓐ 한국어능력시험 날짜가 언제입니까?

han.gu.go*.neung.nyo*k.ssi.ho*m/nal.jja.ga/o*n.je.
im.ni.ga

韓國語能力試驗的考試日期是什麼時候呢?

Ⓑ 9월 4일입니다.

gu.wol.sa.i.rim.ni.da

9月4日。

왜요?

we*.yo

爲什麼？

說明

想要知道事情發生的原因，或是對方爲什麼要這麼做時，就用「왜요」來表示自己不明白，請對方再加以說明。

會話 1

Ⓐ 이 옷을 이젠 못 입겠어요.

i/o.seul/i.jen/mot/ip.ge.sso*.yo

這衣服已經不能再穿了。

Ⓑ 왜요? 멀쩡한데요.

we*.yo//mo*l.jjo*ng.han.de.yo

爲什麼？還好好的啊！

應用句子

▶ 왜 자꾸 취직을 못 하는걸까?

we*/ja.gu/chwi.ji.geul/mot/ha.neun.go*l.ga

爲什麼一直找不到工作呢？

▶ 웃긴 왜 웃어?

ut.gin/we*/u.so*

笑什麼？

▶ 요즘 왜 이렇게 피곤하지?

yo.jeum/we*/i.ro*.ke/pi.gon.ha.ji

最近爲什麼會這麼累啊？

있어요?

i.sso*.yo

有嗎？

說明

問對方是否有某樣東西時，使用的關鍵字就是「있어요」。前面只要再加上你想問的物品名稱，就可以順利詢問對方是否有那樣東西。

會話1

Ⓐ 가족이 몇 명 있어요?

ga.jo.gi/myo*t/myo*ng/i.sso*.yo

你有幾位家人呢？

Ⓑ 네 명이 있어요. 아빠, 엄마, 오빠, 그리고 저.

ne/myo*ng.i/i.sso*.yo//a.ba//o*m.ma//o.ba//geu.ri.go/jo*

有四位，有爸爸、媽媽、哥哥，還有我。

會話2

Ⓐ 증거가 있습니까?

jeung.go*.ga/it.sseum.ni.ga

有證據嗎？

Ⓑ 아직 못 찾았습니다.

a.jik/mot/cha.jat.sseum.ni.da

還沒找到。

없어요?

o*p.sso*.yo

沒有嗎？

說明

「없다」有「沒有、不在」的意思。如果想問對方是否有某樣東西，或人在不在的時候，就可以使用「없어요?」。

會話 1

A 다른 이유는 없어요?

da.reun/i.yu.neun/o*p.sso*.yo

沒有其他理由嗎？

B 네. 없습니다.

ne//o*p.sseum.ni.da

是的，沒有。

會話 2

A 성훈씨 집에 없습니까?

so*ng.hun.ssi/ji.be/o*p.sseum.ni.ga

成勳不在家嗎？

B 네. 방금 출근했습니다.

ne//bang.geum/chul.geun.he*t.sseum.ni.da

是的，剛才去上班了。

應用句子

▶내가 모르는 일은 거의 없어요.

ne*.ga/mo.reu.neun/i.reun/go*.ui/o*p.sso*.yo

我幾乎沒有不知道的事情。

• track 070

어떤.

o*.do*n

怎麼樣的？

說 明

「어떤」有「怎麼樣的」、「什麼樣的」之意。如果想要詢問對方人、事、物的情況是怎麼樣的，就可以使用這個字。

會話 1

A 어떤 과일이 좋아요?

o*.do*n/gwa.i.ri/jo.a.yo

你喜歡什麼樣的水果呢？

B 바나나가 제일 좋아요.

ba.na.na.ga/je.il/jo.a.yo

我最喜歡香蕉。

會話 2

A 어떤 남자를 사귀고 싶어요?

o*.do*n/nam.ja.reul/ssa.gwi.go/si.po*.yo

想和哪種男生交往呢？

B 멋있고 똑똑한 남자.

mo*.sit.go/dok.do.kan/nam.ja

又帥氣又聰明的男生。

應用句子

▶ 어떤 이유로 그 동아리에 가입하려고 해요?

o*.do*n/i.yu.ro/geu/dong.a.ri.e/ga.i.pa.ryo*.go/he*.yo

何種原因讓你想加入那個社團呢？

어때요?

o*.de*.yo

如何呢？

說 明

這句話有「如何的」之意。詢問對方事情的情況，或是想問自己的提議如何時，可以使用這個字來表達。

會話 1

🅐 오늘 날씨가 어때요? 따뜻해요?

o.neul/nal.ssi.ga/o*.de*.yo//da.deu.te*.yo

今天天氣如何呢？暖和嗎？

🅑 어제보다 많이 따뜻해졌어요.

o*.je.bo.da/ma.ni/da.deu.te*.jo*.sso*.yo

比昨天溫暖許多。

會話 2

🅐 수업 끝난 후에 우리 영화 보러 가는 게 어때?

su.o*p/geun.nan/hu.e/u.ri/yo*ng.hwa/bo.ro*/ga. neun/ge/o*.de*

下課後，我們一起去看電影，如何？

🅑 좋아.

jo.a

好啊！

• track 071

그래?

geu.re*

是嗎？

說明

和熟人聊天時，聽過對方所敘述的事情後，可以使用
「그래」來表示自己聽到了、了解了。另外，也表示
在詢問對方所說的話是否屬實。

會話 1

Ⓐ 이 음식이 너무 짜네요.

i/eum.si.gi/no*.mu/jja.ne.yo

這食物太鹹了。

Ⓑ 그래? 맛있는데.

geu.re*//ma.sin.neun.de

是嗎？很好吃啊！

會話 2

Ⓐ 이렇게 하는 게 맞아요?

i.ro*.ke/ha.neun/ge/ma.ja.yo

這樣做對嗎？

Ⓑ 그래. 맞아.

geu.re*//ma.ja

對，沒錯。

應用句子

▶ 그래요? 난 그렇게 생각하지 않아요.

geu.re*.yo//nan/geu.ro*.ke/se*ng.ga.ka.ji/a.na.yo

是嗎？我不那麼認為。

사실이에요?

sa.si.ri.e.yo

眞的嗎？

說 明

聽完對方的說法後，要確認對方所說的是不是真的，或是覺得對方所說的不大可信時，可以用「사실이에요?」來表示心中的疑問。

會話 1

Ⓐ 그 전에 우리 자주 가던 분식점은 문을 닫았어요.

geu/jo*.ne/u.ri/ja.ju/ga.do*n/bun.sik.jjo*.mcun/mu.neul/da.da.sso*.yo

之前我們常去的那家麵店倒閉了。

Ⓑ 그게 사실이에요?

geu.ge/sa.si.ri.e.yo

真的嗎？

會話 2

Ⓐ 아까 우성씨가 말한 건 사실이야?

a.ga/u.so*ng.ssi.ga/mal.han/go*n/sa.si.ri.ya

剛才宇成說的是真的嗎？

Ⓑ 그런 것 같아요.

geu.ro*n/go*t/ga.ta.yo

好像是吧！

해도 돼요?

he*.do/dwe*.yo

可以嗎？

說明

要詢問是不是可以做某件事情的時候，就可以問對方「해도 돼요?」，也就是「可以這樣做嗎？」的意思。「～도 돼요?」的前面加上動詞，就是「可不可以～」的意思。

會話

A 입어도 돼요?

i.bo*.do/dwe*.yo

可以試穿嗎？

B 네. 탈의실은 저쪽이에요.

ne//ta.rui.si.reun/jo*.jjo.gi.e.yo

可以，更衣室在那邊。

應用句子

▶ 다 먹어도 돼요? 배가 너무 고파요.

da/mo*.go*.do/dwe*.yo//be*.ga/no*.mu/go.pa.yo

可以全部吃完嗎？肚子很餓。

▶ 당신을 좋아해도 돼요?

dang.si.neul/jo.a.he*.do/dwe*.yo

可以喜歡你嗎？

▶ 창문을 열어도 돼? 너무 덥다.

chang.mu.neul/yo*.ro*.do/dwe*//no*.mu/do*p.da

可以開窗戶嗎？太熱了。

삐쳤어요?

bi.cho*.sso*.yo

生氣了喔？

說明

「삐치다」是生氣、耍小脾氣、不高興的意思。和「화나다」類似。

會話 1

Ⓐ 내 말에 삐쳤어?

ne*/ma.re/bi.cho*.sso*

因為我的話生氣囉？

Ⓑ 그래. 삐쳤어. 왜?

geu.re*//bi.cho*.sso*//we*

對，生氣了，怎樣？

應用句子

▶ 왜 자꾸 이런 조그마한 일에 삐친 거야?

we*/ja.gu/i.ro*n/jo.geu.ma.han/i.re/bi.chin/go*.ya

你為什麼總是要為這種小事不高興呢？

▶ 내가 삐친 거 안 보여?

ne*.ga/bi.chin/go*/an.bo.yo*

沒看到我生氣了嗎？

아 / 어 봤어요?

a//o*/bwa.sso*.yo

有…過嗎？

說明

動詞加上「아/어 봤어요?」，是表示有沒有做過某件事的經歷。

會話 1

A 설악산에 가 봤어요?

so*.rak.ssa.ne/ga/bwa.sso*.yo

你有去過雪嶽山嗎？

B 아니요. 가 본 적이 없어요.

a.ni.yo//ga/bon/jo*.gi/o*p.sso*.yo

沒有，沒去過。

會話 2

A 떡볶이를 먹어 봤어요?

do*k.bo.gi.reul/mo*.go*/bwa.sso*.yo

你有吃過辣炒年糕嗎？

B 네. 먹어 봤어요.

ne//mo*.go*/bwa.sso*.yo

有，吃過了。

應用句子

▶ 최선생을 만난 적이 있습니까?

chwe.so*n.se*ng.eul/man.nan/jo*.gi/it.sseum.ni.ga

您有見過崔先生嗎？

어떻게 된 일이에요?

o*.do*.ke/dwen/i.ri.e.yo

怎麼回事？

說 明

當對方敘述了一件事，讓人搞不清楚狀況，或者是想要知道詳情如何的時候，可以使用「어떻게 된 일이에요」來表示疑惑，對方聽了之後就會再詳加解釋。

會話 1

A 난 내 남자친구와 헤어졌어.

nan/ne*/nam.ja.chin.gu.wa/he.o*.jo*.sso*

我和我男朋友分手了。

B 뭐? 어떻게 된 일이야?

mwo//o*.do*.ke/dwen/i.ri.ya

什麼？怎麼回事啊？

會話 2

A 이번 투자도 실패했어요.

i.bo*n/tu.ja.do/sil.pe*.he*.sso*.yo

這次的投資又失敗了。

B 네? 어떻게 된 일이에요?

ne//o*.do*.ke/dwen/i.ri.e.yo

什麼？怎麼回事啊？

아니에요?

a.ni.e.yo

不是嗎?

說明

在自己的心中已經有了一個答案，想要徵詢對方的意見，或是想要表達自己的想法時，就可以使用「아니에요?」。

會話

A 그 사람은 일본사람 아니에요?

geu/sa.ra.meun/il.bon.sa.ram/a.ni.e.yo

那個人不是日本人嗎？

B 아니요. 중국사람이에요.

a.ni.yo//jung.guk.ssa.ra.mi.e.yo

不是，是中國人。

應用句子

▶ 그거 내꺼 아니야?

geu.go*/ne*.go*/a.ni.ya

那不是我的嗎？

▶ 혹시 너무한 건 아니에요?

hok.ssi/no*.mu.han/go*n/a.ni.e.yo

你會不會太過分了呢？

▶ 나를 좋아한게 아니었어?

na.reul/jjo.a.han.ge/a.ni.o*.sso*

你不是喜歡我嗎？

어떻게 하면 좋을까요?

o*.do*.ke/ha.myo*n/jo.eul.ga.yo

該怎麼做才好呢？

說 明

當心中抓不定主意、慌了手腳的時候，可以用「어떻게 하면 좋을까요?」向別人求助。也可以使用「어떻게 하면 돼요?」，來期望別人能提供一些建議或作法。

會 話

Ⓐ 큰일났어! 어떻게 하면 좋아?

keu.nil.la.sso*//o*.do*.ke/ha.myo*n/jo.a

慘了！該怎麼辦才好？

Ⓑ 냉정해!

ne*ng.jo*ng.he*

冷靜一點！

應用句子

▶ 이 일을 어떻게 하면 돼?

i/i.reul/o*.do*.ke/ha.myo*n/dwe*

這事情該怎麼做才好呢？

▶ 어떻게 신청하면 좋을까요?

o*.do*.ke/sin.cho*ng.ha.myo*n/jo.eul.ga.yo

該如何申請才可以呢？

• track 075

몇 시예요?

myo*t/si.ye.yo

幾點呢？

說 明

前面曾經學過，詢問時間、日期的時候，可以使用
「언제」。而只想要詢問時間是幾點的時候，可以使
用「몇 시」，來詢問確切的時間。

會 話

A 지금 몇 시예요?

ji.geum/myo*t/si.ye.yo

現在幾點？

B 2시 10분이에요.

du.si.sip.bu.ni.e.yo

2 點 10 分。

應用句子

▶ 몇 시 비행기예요?

myo*t/si/bi.he*ng.gi.ye.yo

幾點的飛機？

▶ 할아버지 어제 몇 시에 들어오셨어요?

ha.ra.bo*.ji/o*.je/myo*t/si.e/deu.ro*.o.syo*.sso*.yo

爺爺昨天幾點回家呢？

무슨 요일이에요?

mu.seun/yo.i.ri.e.yo

星期幾呢?

說明

想問別人今天是星期幾時,可以使用「무슨 요일이에요」。星期一到星期日分別是월요일/화요일/수요일/목요일/금요일/토요일/일요일。

會話 1

A 오늘은 무슨 요일이에요?

o.neu.reun/mu.seun/yo.i.ri.e.yo

今天星期幾?

B 일요일이에요.

i.ryo.i.ri.e.yo

星期日。

會話 2

A 7월 4일은 무슨 요일이에요?

chi.rwol.sa.i.reun/mu.seun/yo.i.ri.e.yo

七月四號是星期幾呢?

B 수요일이에요.

su.yo.i.ri.e.yo

星期三。

應用句子

▶오늘은 몇 월 며칠이에요?

o.neu.reun/myo*t/wol/myo*.chi.ri.e.yo

今天是幾月幾號呢?

거짓말이지?

go*.jin.ma.ri.ji

騙人的吧？

說明

對於另一方的說法或作法抱持著高度懷疑，感到不可置信的時候，可以使用「거짓말이지?」來再次確認對方的想法。

會話

A 내 영어 성적은 빵점이야.

ne*/yo*ng.o*/so*ng.jo*.geun/bang.jo*.mi.ya

我英文成績是零分。

B 거짓말이지?

go*.jin.ma.ri.ji

騙人的吧！

應用句子

▶ 뻥치지 마!

bo*ng.chi.ji/ma

不要說謊！

▶ 거짓말을 하지 말아요.

go*.jin.ma.reul/ha.ji/ma.ra.yo

不要說謊！

▶ 이거 거짓말이 아니야. 사실이야.

i.go*/go*.jin.ma.ri/a.ni.ya//sa.si.ri.ya

這不是騙人的，是真的！

Chapter 5

常用動詞篇

가다.

ga.da

去。

說明

「가다」主要是「去、前往」的意思。想要表達自己或他人去哪裡時,都可以使用這個字來表達。

會話 1

Ⓐ 어디에 가요?

o*.di.e/ga.yo

你要去哪裡呢?

Ⓑ 학교에 가요.

hak.gyo.e/ga.yo

去學校。

會話 2

Ⓐ 졸업 후에 뭘 할거예요?

jo.ro*p/hu.e/mwol/hal.go*.ye.yo

畢業後,你要做什麼呢?

Ⓑ 미국에 가서 유학할 거예요.

mi.gu.ge/ga.so*/yu.ha.kal/go*.ye.yo

去美國留學。

• track 078

오다.

o.da

來。

說 明

「오다」主要是「來」的意思。當自己或他人要來到什麼地方時,或是請人來什麼地方時,都可以使用這個單字。另外,在接近某個季節、日子,或下雪、下雨的時候,都可以使用「오다」來表示喔!

會 話

Ⓐ 선생님이 여기에 오고 있어.

so*n.se*ng.ni.mi/yo*.gi.e/o.go/i.sso*

老師往這裡來了。

Ⓑ 뭐? 우리 빨리 도망가자.

mwo//u.ri/bal.li/do.mang.ga.ja

什麼?我們快溜吧!

應用句子

▶ 숙미야, 이리 와!

sung.mi.ya//i.ri/wa

淑美啊!來這裡!

▶ 눈이 많이 와요.

nu.ni/ma.ni/wa.yo

下大雪。

▶ 겨울이 가면 봄이 올 것이다.

gyo*.u.ri/ga.myo*n/bo.mi/ol/go*.si.da

冬天走後,春天會來臨。

• track 078

놀다.
nol.da
玩。

說 明

「놀다」主要是「玩」的意思。當自己或他人去哪裡玩時，都可以使用這個字來表達。另外，玩玩具也可以使用這個字喔！

會話 1

A 오늘은 뭘 했어?

o.neu.reun/mwol/he*.sso*

今天做了什麼事啊？

B 공원에 가서 놀았어요.

gong.wo.ne/ga.so*/no.ra.sso*.yo

我去公園玩。

會話 2

A 숙제가 싫어요. 놀고 싶어요.

suk.jje.ga/si.ro*.yo//nol.go/si.po*.yo

我討厭作業，我想要玩。

B 안 돼!

an/dwe*

不行！

應用句子

▶장난감을 가지고 놀아요.

jang.nan.ga.meul/ga.ji.go/no.ra.yo

玩玩具。

하다.

ha.da

做。

說 明

「하다」主要有「做、作」的意思。不管是做事、說話等，都可以用「하다」來表達做那件事情的動作。

會 話

A 보고를 했어요?

bo.go.reul/he*.sso*.yo

報告完了嗎？

B 아니요. 아직 못 했어요.

a.ni.yo//a.jik/mot/he*.sso*.yo

沒有，還沒報告。

應用句子

▶말을 하지 마세요.

ma.reul/ha.ji/ma.se.yo

請不要說話。

▶여기서 말을 하면 안 돼요.

yo*.gi.so*/ma.reul/ha.myo*n/an/dwe*.yo

在這裡不可以說話。

먹다.

mo*k.da

吃。

說明

「먹다」主要是「吃」的意思。不管是吃飯、吃藥、喝酒等，都可以使用這個字來表達。另外，喝酒可以使用「술을 먹다」，也可以使用「술을 마시다」。

會話 1

A 저녁 뭐 먹었어요?

jo*.nyo*k/mwo/mo*.go*.sso*.yo

你晚餐吃什麼？

B 만두 먹었어요.

man.du/mo*.go*.sso*.yo

我吃了水餃。

會話 2

A 많이 드세요.

ma.ni/deu.se.yo

多吃一點。

B 감사하지만 정말 더 이상 먹을 수가 없습니다.

gam.sa.ha.ji.man/jo*ng.mal/do*/i.sang/mo*.geul/ssu.ga/o*p.sseum.ni.da

謝謝您！但是我真的已經吃不下了。

마시다.

ma.si.da

喝。

說明

「마시다」主要是「喝、飲」的意思。不管是喝茶、咖啡、飲料、酒類等,都可以使用「마시다」來表示喝的動作喔!

會話 1

Ⓐ 너 지금 마시고 있는 건 뭐야?

no*/ji.geum/ma.si.go/in.neun/go*n/mwo.ya

你現在在喝的東西是什麼?

Ⓑ 밀크홍차.

mil.keu.hong.cha

奶茶。

會話 2

Ⓐ 커피 한 잔 주세요.

ko*.pi/han/jan/ju.se.yo

請給我一杯咖啡。

Ⓑ 뜨거우니까 천천히 드세요.

deu.go*.u.ni.ga/cho*n.cho*n.hi/deu.se.yo

很燙,請慢慢喝。

만들다.
man.deul.da
製作。

說明

「만들다」主要是「製作」的意思。不管是製作料理、製作家具，還是製作有形、無形的東西，都可以使用「만들다」來表達製作某樣東西。

會話

A 음식을 다 만들었어요?

eum.si.geul/da/man.deu.ro*.sso*.yo

食物都製作好了嗎？

B 거의 다 준비했어요. 조금만 더 기다려 주세요.

go*.ui/da/jun.bi.he*.sso*.yo//jo.geum.man/do*/gi.da.ryo*/ju.se.yo

幾乎快準備好了，請再等一下。

應用句子

▶좋은 기회를 만들었어요.
jo.eun/gi.hwe.reul/man.deu.ro*.sso*.yo
創造了好機會。

▶좋은 분위기를 만들어 주세요.
jo.eun/bu.nwi.gi.reul/man.deu.ro*/ju.se.yo
請幫我塑造出好氣氛。

말하다.
mal.ha.da
説。

說明

「말하다」主要是「説」的意思。不管是說話、講訴、告訴等，都可以使用這個字。另外，也可以使用「이야기하다」。

會話

A 제 의견을 말해도 돼요?

je/ui.gyo*.neul/mal.he*.do/dwe*.yo

我可以發表我的意見嗎？

B 네. 말씀해 주세요.

ne//mal.sseum.he*/ju.se.yo

好的，請説。

應用句子

▶ 소리가 너무 작아요. 크게 말해 주세요.

so.ri.ga/no*.mu/ja.ga.yo//keu.ge/mal.he*/ju.se.yo

聲音太小了。請講大聲一點。

▶ 그때의 사건을 말해 주고 싶다.

geu.de*.ui/sa.go*.neul/mal.he*/ju.go/sip.da

我想跟你説那時的事件。

▶ 다음에 다시 얘기하자.

da.eu.me/da.si/ ye*.gi.ha.ja

下次再説吧！

보다.

bo.da

看。

說明

「보다」主要是「看」的意思。不管是看電視或看書，都可以使用這個字。另外，「보다」還有「考試」、「會面」、「大小便」等的許多用法。

會話

A 무슨 책을 보고 있어요?

mu.seun/che*.geul/bo.go/i.sso*.yo

你在看什麼書呢？

B 만화책을 보고 있어요.

man.hwa.che*.geul/bo.go/i.sso*.yo

我在看漫畫。

應用句子

▶ 내일은 시험을 보는 날이에요.

ne*.i.reun/si.ho*.meul/bo.neun/na.ri.e.yo

明天是考試的日子。

▶ 누구를 보러 갈 거예요?

nu.gu.reul/bo.ro*/gal/go*.ye.yo

你要去見什麼人呢？

▶ 소변을 보다. / 대변을 보다.

so.byo*.neul/bo.da//de*.byo*.neul/bo.da

小便。／大便。

읽다.

ik.da

閱讀。

說 明

「읽다」主要是「閱讀、念出聲」的意思。不管是讀書、閱讀報章雜誌等,都可以使用這個字。另外,「읽다」也有「端詳」、「看出」的意思。

會 話

A 지금 뭘 해요?

ji.geum/mwol/he*.yo

你現在在幹嘛?

B 신문을 읽고 있어요.

sin.mu.neul/il.go/i.sso*.yo

我在閱讀報紙。

應用句子

▶ 큰 소리로 책을 읽었다.

keun/so.ri.ro/che*.geul/il.go*t.da

大聲念了書。

▶ 네 마음을 읽을 수 있어요.

ni/ma.eu.meul/il.geul/ssu/i.sso*.yo

我可以看穿你的心思。

▶ 제 할머니는 책을 읽지 못 하십니다.

je/hal.mo*.ni.neun/che*.geul/ik.jji/mot/ha.sim.ni.da

我奶奶看不懂書籍。

• track 082

듣다.
deut.da
聽。

說 明

「듣다」主要是「聽、聽取」的意思。不管是聽廣播（라디오를 듣다）、聽音樂（음악을 듣다）、聽演講（강연을 듣다），都可以使用這個字。

會 話

A 그 소식 들었어?

geu/so.sik/deu.ro*.sso*

聽到那個消息了嗎？

B 무슨 소식?

mu.seun/so.sik

什麼消息？

應用句子

▶ 이 음악은 듣기 좋다.

i/eu.ma.geun/deut.gi/jo.ta

這音樂很好聽。

▶ 내 말이 안 들려?

ne*/ma.ri/an/deul.lyo*

沒聽見我說的話嗎？

▶ 이미 많은 칭찬을 들었어요.

i.mi/ma.neun/ching.cha.neul/deu.ro*.sso*.yo

我已經得到許多稱讚了。

주다.

ju.da

給。

說明

「주다」主要是「給予」的意思。不管是給錢（돈을 주다）、給禮物（선물을 주다），都可以使用這個字。另外，「주다」也有「賦予」、「交付」的意思。

會話

Ⓐ 이건 내게 주는 거야?

i.go*n/ne*.ge/ju.neun/go*.ya

這是要給我的嗎？

Ⓑ 응. 생일축하해!

eung//se*ng.il.chu.ka.he*

嗯，生日快樂！

應用句子

▶ 어떤 것을 주면 좋을까?

o*.do*n/go*.seul/jju.myo*n/jo.eul.ga

要給什麼才好呢？

▶ 권한을 주다.

gwon.ha.neul/jju.da

賦予權力。

▶ 당신의 마음을 내게 주세요.

dang.si.nui/ma.eu.meul/ne*.ge/ju.se.yo

請把你的心交給我吧！

받다.

bat.da

得到。

說明

「받다」主要是「得到、收到」的意思。不管是得到尊敬（존경을 받다）、收到禮物（선물을 받다）、收到信（편지를 받다）等，都可以使用「받다」這個字。另外，也有「容忍」、「接受」的意思。

會話

A 난 이번 시험도 빵점을 받았어.

nan/i.bo*n/si.ho*m.do/bang.jo*.meul/ba.da.sso*

我這次考試又得了零分。

B 너도 참 대단해.

no*.do/cham/de*.dan.he*

你也真厲害。

應用句子

▶ 아직 회답을 받지 못 했어요.

a.jik/hwe.da.beul/bat.jji/mot/he*.sso*.yo

還沒得到回答。

▶ 이런 이유로 정말 받을 수 없습니다.

i.ro*n/i.yu.ro/jo*ng.mal/ba.deul/ssu/o*p.sseum.ni.da

這樣的理由真的無法接受。

• track 084

쓰다.

sseu.da

使用。

說明

「쓰다」如果當動詞用，有許多種意思，例如「使用」、「花費」、「寫(字)」、「戴(帽子)」等。「쓰다」如果當作形容詞用，則有「苦」的意思。

會話

A 이 모자가 참 귀엽네요.

i/mo.ja.ga/cham/gwi.yo*m.ne.yo

這帽子真的好可愛喔！

B 너도 한번 써 봐.

no*.do/han.bo*n/sso*/bwa

你也戴看看。

應用句子

▶ 이 펜은 매우 쓰기 편해요.

i/pe.neun/me*.u/sseu.gi/pyo*n.he*.yo

這支筆非常好寫。

▶ 요즘은 돈을 많이 썼어요.

yo.jeu.meun/do.neul/ma.ni/sso*.sso*.yo

最近花了很多錢。

▶ 이 사전은 꽤 쓸 만합니다.

i/sa.jo*.neun/gwe*/sseul/man.ham.ni.da

這字典很好用。

입다.
ip.da
穿。

說明

「입다」主要是「穿」的意思。穿任何衣服,都可以用「입다」來表示「穿」的意思。另外,也有「遭受」、「蒙受」的意思。

會話

Ⓐ 한복을 입은 여자가 참 아름답네요.

han.bo.geul/i.beun/yo*.ja.ga/cham/a.reum.dam.ne.yo

穿韓服的女性真的很美麗。

Ⓑ 그럼요. 한복은 한국의 전통복식이에요.

geu.ro*.myo//han.bo.geun/han.gu.gui/jo*n.tong.bok.ssi.gi.e.yo

當然囉!韓服是韓國的傳統服飾。

應用句子

▶ 심한 파괴를 입었다.

sim.han/pa.gwe.reul/i.bo*t.da

遭受嚴重的破壞。

▶ 큰 은혜를 입었어요. 어떻게 보답해야 할지 모르겠어요.

keun/eun.hye.reul/i.bo*.sso*.yo//o*.do*.ke/bo.da.pe*.ya/hal.jji/mo.reu.ge.sso*.yo

得到了很大的恩惠。不知道該如何報答才好。

달리다.
dal.li.da
跑。

說 明

「달리다」主要是「奔跑」的意思。可以使用在人的奔跑，或火車、電車的奔馳，另外，「달리기」是名詞，表「賽跑」的意思。

會 話

A 그 기차가 날듯이 달리고 있어요.
geu/gi.cha.ga/nal.deu.si/dal.li.go/i.sso*.yo
那台火車正在急速奔馳呢！

B 참 빠르네요.
cham/ba.reu.ne.yo
真的很快耶！

應用句子

▶ 100 미터 달리기.
be*ng.mi.to*/dal.li.gi
100 米賽跑。

▶ 달리기 선수.
dal.li.gi/so*n.su
賽跑選手。

▶ 그 사람은 매우 빠른 속도로 병원에 달려 갔어요.
geu/sa.ra.meun/me*.u/ba.reun/sok.do.ro/byo*ng.wo.ne/dal.lyo*/ga.sso*.yo
那個人用很快的速度衝到醫院。

걸다.

go*l.da

掛。

說 明

「걸다」主要是「掛、懸掛」的意思。不管是掛帽子（모자를 걸다）、掛招牌（간판을 걸다）、掛國旗（국기를 걸다），都可以使用這個單字。另外，也可以當作「打」電話（전화를 걸다）的意思喔！

會 話

Ⓐ 그럼 밤에 다시 전화할게요.

geu.ro*m/ba.me/da.si/jo*n.hwa.hal.ge.yo

那我晚上再打電話給你。

Ⓑ 네. 근데 밤 12시 후에 전화 걸지 마세요.

ne//geun.de/bam/yo*l.du.si.hu.e/jo*n.hwa/go*l.ji/ma.se.yo

好的，不過晚上 12 點過後不要打電話喔！

應用句子

▶밝은 달이 깜깜한 중천에 걸려 있어요.

bal.geun/da.ri/gam.gam.han/jung.cho*.ne/go*l.lyo*/i.sso*.yo

明月懸掛在黑漆漆的空中。

▶시계를 그 벽에 걸어 주세요.

si.gye.reul/geu/byo*.ge/go*.ro*/ju.se.yo

請將時鐘掛在那裡的牆壁上。

뛰다.

dwi.da

跑、跳。

說明

「뛰다」主要是「跑、跳」的意思。可以表示人、動物蹦蹦跳跳和心臟的跳動（가슴이 뛰다）。

會話 1

Ⓐ 민지야, 교실에서 뛰지 마라.

min.ji.ya/gyo.si.re.so*/dwi.ji/ma.ra

民智，不要在教室奔跑。

Ⓑ 죄송합니다. 선생님.

jwe.song.ham.ni.da//so*n.se*ng.nim

對不起，老師。

會話 2

Ⓐ 비가 내리기 시작했어.

bi.ga/ne*.ri.gi/si.ja.ke*.sso*

開始下雨了。

Ⓑ 우리 빨리 저 건물로 뛰자!

u.ri/bal.li/jo*/go*n.mul.lo/ dwi.ja

我們快跑到那棟建築物吧！

應用句子

▶그 아기가 너무 기뻐서 계속 뛰고 있네요.

geu/a.gi.ga/no*.mu/gi.bo*.so*/gye.sok/dwi.go/in.
ne.yo

那孩子太開心了，一直活蹦亂跳呢！

• track 086

타다.

ta.da

搭乘。

說明

「타다」有「搭乘」的意思，不管是搭公車（버스를 타다）、搭火車（기차를 타다）、搭飛機（비행기를 타다），都可以用這個字。另外，「타다」還有其他許多意思，像「曬」、「害怕」等。

會話

A 이따가 뭘 타고 갈거야?

i.da.ga/mwol/ta.go/gal.go*.ya

你待會要做什麼車去呢？

B 지하철을 타고 갈 거야.

ji.ha.cho*.reul/ta.go/gal/go*.ya

我要搭地鐵去。

應用句子

▶ 어제 바다에서 놀아서 얼굴이 많이 탔어요.

o*.je/ba.da.e.so*/no.ra.so*/o*l.gu.ri/ma.ni/ta.sso*.yo

因為昨天去海邊玩，所以臉被曬得很黑。

▶ 나는 추위를 타는 사람이야.

na.neun/chu.wi.reul/ta.neun/sa.ra.mi.ya

我是怕冷的人。

사다.
sa.da
買。

說明

「사다」主要是「買」的意思。不管是買房子（집을 사다）、買衣服（옷을 사다）、買車票（차표를 사다），都可以使用「사다」這個字喔！

會話 1

A 쇼핑 갔다 왔어요? 무엇을 샀어요?
syo.ping/gat.da/wa.sso*.yo//mu.o*.seul/ssa.sso*.yo
你去購物了喔？買了些什麼？

B 일상용품만 샀어요.
il.sang.yong.pum.man/sa.sso*.yo
只有買日常用品。

應用句子

▶ 골라서 사다.
gol.la.so*/sa.da
選購。

▶ 환심을 사다.
hwan.si.meul/ssa.da
討人歡心。

▶ 그 가게는 고가로 중고 핸드폰를 구매합니다.
geu/ga.ge.neun/go.ga.ro/jung.go/he*n.deu.pol.leul/
gu.me*.ham.ni.da
那家店以高價收購二手手機。

• track 087

팔다.
pal.da
賣。

說 明

「팔다」主要是「賣」的意思。不管是賣有形或無形的東西，都可以使用「팔다」這個字。另外，「팔다」也有「出賣」的意思喔！

會 話

Ⓐ 아주머니, 이것을 어떻게 팔아요?

a.ju.mo*.ni//i.go*.seul/o*.do*.ke/pa.ra.yo

大媽，這個怎麼賣？

Ⓑ 한 개 천원입니다.

han/ge*/cho*.nwo.nim.ni.da

一個一千元。

應用句子

▶친구를 파는 사람은 정말 양심이 없어요.

chin.gu.reul/pa.neun/sa.ra.meun/jo*ng.mal/yang.si.mi/o*p.sso*.yo

出賣朋友的人真的很沒良心。

▶물건을 다 팔았다.

mul.go*.neul/da/pa.rat.da

東西都賣完了。

살다.

sal.da

住。

說明

「살다」有「居住、生活」的意思。不管是住在公寓（아파트에 살다）、住在首爾（서울에서 살다）、住在鄉下（시골에서 살다），都可以使用這個字。另外，「살다」也有「活著」的意思。

會話

Ⓐ 너는 어디에 사니?

no*.neun/o*.di.e/sa.ni

你住在哪裡呢？

Ⓑ 저는 타이페이에 삽니다.

jo*.neun/ ta.i.pe.i.e/sam.ni.da

我住在台北。

應用句子

▶ 너없이 살 수가 없어.

no*.o*p.ssi/sal/ssu.ga/o*p.sso*

沒有你，我活不下去。

▶ 살아 있는 그림.

sa.ra/in.neun/geu.rim

生動的圖畫。

죽다.
juk.da
死。

說明

「죽다」主要是「死、去世」的意思。另外，如果「～어 죽겠다」前面加上「形容詞」，就可以表示「簡直…死了」，例如「추워 죽겠다」表示「簡直冷死了」。

會話

Ⓐ 어제 우리 집 강아지가 죽었어.

o*.je/u.ri/jip/gang.a.ji.ga/ju.go*.sso*

昨天我們家的小狗死掉了。

Ⓑ 정말이야? 많이 슬펐지?

jo*ng.ma.ri.ya//ma.ni/seul.po*t.jji

真的喔？很難過吧？

應用句子

▶ 우리 할아버지가 2년전에 이미 돌아가셨어요.

u.ri/ha.ra.bo*.ji.ga/i.nyo*n.jo*.ne/i.mi/do.ra.ga.syo*.sso*.yo

我爺爺在兩年前就已經過世了。

▶ 죽은 친구.

ju.geun/chin.gu

故友。

▶ 그는 병으로 죽었다.

geu.neun/byo*ng.eu.ro/ju.go*t.da

他因病身亡。

• track 089

열다.
yo*l.da
開。

說 明

「열다」主要是「打開」的意思。不管是開門（문을 열다）、開窗戶（창문을 열다）、開口（입을 열다），都可以使用這個單字。另外，「열다」也有舉行、召開的意思。

會 話

Ⓐ 내 노트를 봤어요?

ne*/no.teu.reul/bwa.sso*.yo

有看到我得筆記本嗎？

Ⓑ 책상서랍을 열어 봐요. 안에 있을 지도 몰라요.

che*k.ssang.so*.ra.beul/yo*.ro*/bwa.yo//a.ne/i. sseul/jji.do/mol.la.yo

打開書桌抽屜看看吧！也許在裡面。

應用句子

▶ 내일 우리 학교의 운동회를 열 거예요.

ne*.il/u.ri/hak.gyo.ui/un.dong.hwe.reul/yo*l/go*.ye. yo

明天我們學校要開運動會。

• track 089

닫다.

dat.da

關。

說明

「닫다」主要是「關閉」的意思。不管是關門（문을 닫다）、停業（가게문을 닫다）、閉嘴（입을 닫다），都可以使用這個單字。

會話

Ⓐ 이 문을 닫을 수가 없어요.

i/mu.neul/da.deul/ssu.ga/o*p.sso*.yo

這扇門關不起來。

Ⓑ 고장났어요?

go.jang.na.sso*.yo

壞掉了嗎？

應用句子

▶ 그때는 너무 기뻐서 입을 닫지 못 했습니다.

geu.de*.neun/no*.mu/gi.bbo*.so*/i.beul/dat.jji/mot/he*t.sseum.ni.da

那時開心得合不上嘴。

▶ 경영난으로 백화점 문을 닫았어요.

gyo*ng.yo*ng.na.neu.ro/be*.kwa.jo*m/mu.neul/da.da.sso*.yo

因為經營困難，導致百貨公司倒閉。

바꾸다.

ba.gu.da

更換。

說明

「바꾸다」主要是「更換、改變」的意思。不管是換錢（돈을 바꾸다）、變更計劃（계획을 바꾸다）、改變規則（규칙을 바꾸다）等，都可以使用這個單字。

會話

Ⓐ 내 머리 스타일을 바꾸고 싶어요.

ne*/mo*.ri/seu.ta.i.reul/ba.gu.go/si.po*.yo

我想換髮型。

Ⓑ 나도 머리를 자르고 싶어요. 같이 미용실에 갈까요?

na.do/mo*.ri.reul/jja.reu.go/si.po*.yo//ga.chi/mi.yong.si.re/gal.ga.yo

我也想剪頭髮，要不要一起去美容院？

應用句子

▶ 잠깐만 기다려요. 옷을 바꿔 입고 나갈게요.

jam.gan.man/gi.da.ryo*.yo//o.seul/ba.gwo/ip.go/na.gal.ge.yo

等一下，我換好衣服就出門。

▶ 달러를 한국돈으로 바꾸었어요.

dal.lo*.reul/han.guk.do.neu.ro/ba.gu.o*.sso*.yo

把美金換成韓幣了。

오르다.

o.reu.da

上升。

說明

「오르다」有「上升、升起」的意思。可以使用在太陽升起（해가 오르다）、漲價（값이 오르다）、爬山（산에 오르다）等許多用法上。

會話

Ⓐ 내 영어 성적이 드디어 올랐어요

ne*/yo*ng.o*/so*ng.jo*.gi/deu.di.o*/ol.la.sso*.yo

我的英文成績終於提高了。

Ⓑ 영어 학원에 간 덕분이죠?

yo*ng.o*/ha.gwo.ne/gan/do*k.bu.ni.jyo

是因為有去補習英文的關係吧？

應用句子

▶ 옥상에 올라 별을 바라보았다.

ok.ssang.e/ol.la/byo*.reul/ba.ra.bo.at.da

爬上屋頂，看星星。

▶ 그 사고가 신문에 올랐어요.

geu/sa.go.ga/sin.mu.ne/ol.la.sso*.yo

那場事故已經登在報紙上了。

내리다.

ne*.ri.da

下降。

說明

「내리다」主要是「下、降」的意思。可以使用在降價（값이 내리다）、下命令（명령을 내리다）、下雪（눈이 내리다）、下雨（비가 내리다）等許多用法上。

會話

Ⓐ 여보세요? 지금 어디에 있어요?

yo*.bo.se.yo//ji.geum/o*.di.e/i.sso*.yo

喂？你現在在哪裡？

Ⓑ 방금 기차에서 내렸어요. 5 분 안에 꼭 도착할게요.

bang.geum/gi.cha.e.so*/ne*.ryo*.sso*.yo//o.bun/a.ne/gok/do.cha.kal.ge.yo

我剛下火車，5 分鐘內一定會到達。

應用句子

▶ 결론을 내리다.

gyo*l.lo.neul/ne*.ri.da

下結論。

▶ 차에서 짐을 내려 주세요.

cha.e.so*/ji.meul/ne*.ryo*/ju.se.yo

請將行李從車上拿下來。

일어나다.

i.ro*.na.da

起床。

說明

「일어나다」有「起床」的意思。另外，在「發生」或「掀起」某種事件時，也可以使用「일어나다」。

會話

Ⓐ 보통 아침 몇시에 일어나요?

bo.tong/a.chim/myo*t.ssi.e/i.ro*.na.yo

你通常早上幾點起床呢？

Ⓑ 보통 아침 9시에 일어나요.

bo.tong/a.chim/a.hop.si.e/i.ro*.na.yo

通常早上9點起床。

應用句子

▶또 무슨 사고가 일어났어요?

do/mu.seun/sa.go.ga/i.ro*.na.sso*.yo

又發生什麼事故了？

▶요즘은 화재가 잘 일어나는 계절입니다. 조심해야 돼요.

yo.jeu.meun/hwa.je*.ga/jal/i.ro*.na.neun/gye.jo*.rim.ni.da//jo.sim.he*.ya/dwe*.yo

最近是容易發生火災的季節，必須要小心才行。

자다.

ja.da

睡覺。

說 明

「자다」主要是「睡覺」的意思。如果要向長輩道晚安，可以說「안녕히 주무세요」，因為「자다」的尊敬語是「주무시다」。

會 話

A 잠이 안 와요.

ja.mi/an/wa.yo

睡不著。

B 너무 기뻐서 자질 못해요?

no*.mu/gi.bo*.so*/ja.jil/mo.te*.yo

太高興了才睡不著嗎？

應用句子

▶어제 몇시에 잤어요?

o*.je/myo*t.ssi.e/ja.sso*.yo

你昨天幾點睡覺？

▶낮잠을 자고 다시 일을 해요.

nat.jja.meul/jja.go/da.si/i.reul/he*.yo

睡完午覺，繼續工作。

찾다.
chat.da
找。

說 明

「찾다」主要是「找尋」的意思，可以使用在找人（사람을 찾다）或找東西（물건을 찾다）上。另外，也可以表示「領錢」或「拜訪」的意思喔！

會 話

Ⓐ 누구를 찾으십니까?
nu.gu.reul/cha.jeu.sim.ni.ga
您找哪位呢？

Ⓑ 이부장님을 찾으려고 합니다.
i.bu.jang.ni.meul/cha.jeu.ryo*.go/ham.ni.da
我要找李部長。

應用句子

▶ 그는 돈을 찾으러 은행에 갔어요.
geu.neun/do.neul/cha.jeu.ro*/eun.he*ng.e/ga.sso*.yo
他去銀行領錢了。

▶ 내일은 친구를 찾으러 갈 거예요.
ne*.i.reun/chin.gu.reul/cha.jeu.ro*/gal/go*.ye.yo
我明天會去拜訪朋友。

▶ 모르는 단어가 있으면 사전을 찾아봐요.
mo.reu.neun/da.no*.ga/i.sseu.myo*n/sa.jo*.neul/
cha.ja.bwa.yo
如果有不懂的單字，就查字典吧！

넣다.
no*.ta
裝。

說 明

「넣다」主要是「裝入、投入、放入」的意思。把某物裝入某處裡面,可以套用「～를/을 ～에 넣다」的句型。

會話 1

A 이 책은 어디에 놓아야 돼요?
i/che*.geun/o*.di.e/no.a.ya/dwe*.yo
這本書要放在哪裡呢?

B 그 서랍 안에 넣어 주세요.
geu/so*.rap/a.ne/no*.o/ju.se.yo
請放入那個抽屜裡。

應用句子

▶ 편지를 우체통에 넣다.
pyo*n.ji.reul/u.che.tong.e/no*.ta
將信件投入郵筒內。

▶ 국에 소금을 조금 넣으면 더 맛있어요.
gu.ge/so.geu.meul/jjo.geum/no*.eu.myo*n/do*/ma.si.sso*.yo
如果在湯裡加一點鹽,會更美味。

▶ 돈을 주머니 안에 넣었다.
do.neul/jju.mo*.ni/a.ne/no*.o*t.da
將錢放入口袋裡。

놓다.

no.ta

放。

說明

「놓다」主要是「放置、存放」的意思。將某物放在某處，可以使用「～를/을 ～에 놓다」的句型。另外，在及物動詞後加上「～아/어/여 놓다」，可以表示動作的完成，以及其動作的狀態維持。

會話

A 여기에 있는 물건들은 모두 그 사무실에 놓어 주세요.

yo*.gi.e/in.neun/mul.go*n.deu.reun/mo.du/geu/sa.mu.si.re/no.o*/ju.se.yo

請將在這裡的這些物品，全部放在那辦公室內。

B 네. 알겠습니다.

ne//al.get.sseum.ni.da

好的，知道了。

應用句子

▶ 포스터를 벽에 붙여 놓았어요.

po.seu.to*.reul/byo*.ge/bu.tyo*/no.a.sso*.yo

海報貼在牆壁上了。

▶ 음식을 차려 놓고 손님들이 도착하기를 기다렸다.

eum.si.geul/cha.ryo*/no.ko/son.nim.deu.ri/do.cha.ka.gi.reul/gi.da.ryo*t.da

準備好食物後，等待客人抵達。

Chapter 6

常用副詞篇

• track 094

갑자기.

gap.jja.gi

突然。

說 明

「갑자기」有「突然地」、「忽然間」、「意外地」
之意。

會 話

Ⓐ 텔레비전이 갑자기 소리가 안 난다.

tel.le.bi.jo*.ni/gap.jja.gi/so.ri.ga/an/nan.da

電視突然發不出聲音。

Ⓑ 이상해. 고장 났어?

i.sang.he*//go.jang/na.sso*

真奇怪,故障了嗎?

應用句子

▶ 갑자기 웬일이야?

gap.jja.gi/we.ni.ri.ya

突然間怎麼了?

▶ 갑자기 눈이 내리기 시작했어요.

gap.jja.gi/nu.ni/ne*.ri.gi/si.ja.ke*.sso*.yo

忽然間開始下雪了。

• track 095

아주.

a.ju

很。

說明

「아주」有「很」、「非常」、「相當」的意思。相似的用詞有「매우」、「참」、「몹시」等。

會話

A 오늘 날씨가 아주 좋다.

o.neul/nal.ssi.ga/a.ju/jo.ta

今天天氣很好。

B 그래. 우리 놀러 가자.

geu.re*//u.ri/nol.lo*/ga.ja

對呀！我們出去玩吧！

應用句子

▶ 이곳을 아주 떠난다.

i.go.seul/a.ju/do*.nan.da

永離此地。

▶ 그녀의 가방이 아주 예쁩니다.

geu.nyo*.ui/ga.bang.i/a.ju/ye.beum.ni.da

她的包包很漂亮。

• track 095

빨리.

bal.li

快。

說 明

如果要催促他人的行動，可以使用「빨리」來表達趕緊、趕快的意思。另外，也可以使用「얼른」。

會 話

Ⓐ 빨리 출발해!

bal.li/chul.bal.he*

趕快出發！

Ⓑ 그럼, 다녀오겠습니다.

geu.ro*m//da.nyo*.o.get.sseum.ni.da

那麼，我出門了。

應用句子

▶ 얼른 차에 타세요.

o*l.leun/cha.e/ta.se.yo

請快點上車吧！

▶ 시간이 없으니까 빨리 가자.

si.ga.ni/o*p.sseu.ni.ga/bal.li/ga.ja

沒有時間了，我們快走吧！

정말.

jo*ng.mal

眞的。

說明

「정말」有「真的」的意思。有時，也可以使用「진짜」。

會話

A 엄마, 나는 이번 시험이 일등이야.

o*m.ma//na.neun/i.bo*n/si.ho*.mi/il.deung.i.ya

媽媽，我這次考試第一名。

B 우리 아들 정말 잘했어.

u.ri/a.deul/jjo*ng.mal/jjal.he*.sso*

我的兒子真的好棒。

應用句子

▶ 이 때문에 정말 기뻐요.

i/de*.mu.ne/jo*ng.mal/gi.bo*.yo

這真的讓我好高興。

▶ 그 말을 다시 하는 건 진짜 싫어요.

geu/ma.reul/da.si/ha.neun/go*n/jin.jja/si.ro*.yo

真的很討厭再説那種話。

참.
cham
眞。

說 明

「참」有「真」、「很」、「非常」的意思。相似的
用詞有「매우」、「아주」。

會 話

Ⓐ 이 영화가 참 재미있어요.

i/yo*ng.hwa.ga/cham/je*.mi.i.sso*.yo

這部電影真有趣。

Ⓑ 정말? 나도 한번 봐야 겠네요.

jo*ng.mal//na.do/han.bo*n/bwa.ya/gen.ne.yo

真的嗎？那我也要去看。

應用句子

▶ 여기는 참 예뻐요.

yo*.gi.neun/cham/ye.bo*.yo

這裡真漂亮。

▶ 그녀는 참 좋은 사람이에요.

geu.nyo*.neun/cham/jo.eun/sa.ra.mi.e.yo

她真是個好人。

• track 097

천천히.

cho*n.cho*n.hi

慢慢地。

說明

「천천히」有「慢慢地」的意思。

會話

Ⓐ 천천히 먹어도 괜찮아요.

cho*n.cho*n.hi/mo*.go*.do/gwe*n.cha.na.yo

你慢慢吃沒關係。

Ⓑ 네. 잘 먹겠습니다.

ne//jal/mo*k.get.sseum.ni.da

好的，我要開動了。

應用句子

▶ 좀 천천히 걸어라.

jom/cho*n.cho*n.hi/go*.ro*.ra

走慢一點！

▶ 천천히 해라.

cho*n.cho*n.hi/he*.ra

慢慢來！

▶ 천천히 처리하면 큰 잘못은 생기지 않는다.

cho*n.cho*n.hi/cho*.ri.ha.myo*n/keun/jal.mo.seun/
se*ng.gi.ji/an.neun.da

慢慢處理，才不會出現嚴重的錯誤。

• track 097

좀.

jom

稍微。

說 明

「좀」有稍微、一點點的意思,類似用詞有「조금」、
「약간」。另外,在請人為自己做什麼事時,也帶有
一點客氣的語氣。

會 話

Ⓐ 메뉴 좀 보여주세요.

me.nyu/jom/bo.yo*.ju.se.yo

給我看看菜單。

Ⓑ 네. 잠깐만 기다려 주세요.

ne//jam.gan.man/gi.da.ryo*/ju.se.yo

好的,請等一下。

應用句子

▶ 좀 비켜주세요.

jom/bi.kyo*.ju.se.yo

請稍微讓開一點。

▶ 좀 더 많으면 좋겠다.

jom/do*/ma.neu.myo*n/jo.ket.da

再多一點就好了。

• track 098

매우.

me*.u

非常。

說明

「매우」有「很」、「十分」、「非常」的意思。相似的用詞有「아주」、「참」。

會話

Ⓐ 이 소설은 매우 감동적이다.

i/so.so*.reun/me*.u/gam.dong.jo*.gi.da

這本小說非常感人。

Ⓑ 그래? 무슨 내용인데?

geu.re*//mu.seun/ne*.yong.in.de

是嗎？什麼內容啊？

應用句子

▶ 매우 많은 사람이 그 배우를 좋아해요.

me*.u/ma.neun/sa.ra.mi/geu/be*.u.reul/jjo.a.he*.yo

有非常多人都喜歡那位演員。

▶ 날씨가 매우 덥다.

nal.ssi.ga/me*.u/do*p.da

天氣非常熱。

잘.

jal

好好地。

說 明

「잘」是副詞，有「好好地」的意思。有時，也有「充分」、「很好」、「非常」等的意思。

會 話

Ⓐ 다시 잘 생각 좀 해 보세요.

da.si/jal/sse*ng.gak/jom/he*/bo.se.yo

再好好地想一想吧！

Ⓑ 네.

ne

好的。

應用句子

▶ 잘 먹었습니다.

jal/mo*.go*t.sseum.ni.da

我吃飽了(我吃足夠了)。

▶ 일을 잘 처리해 주세요.

i.reul/jjal/cho*.ri.he*/ju.se.yo

請幫我好好處理這件事。

가장 / 제일.

ga.jang//je.il

最／第一。

說 明

「가장」和「제일」都是「最、第一」的意思。

會 話

Ⓐ 나는 이게 가장 좋아.

na.neun/i.ge/ga.jang/jo.a

我最喜歡這個。

Ⓑ 난 그게 제일 싫은데.

nan/geu.ge/je.il/si.reun.de

我最討厭那個耶！

應用句子

▶ 가장 용기 있는 사람이 바로 김래원입니다.

ga.jang/yong.gi/in.neun/sa.ra.mi/ba.ro/gim.ne*.wo.
nim.ni.da

最有勇氣的人就是金來沅。

▶ 네가 제일 잘 읽는다.

ni.ga/je.il/jal/ing.neun.da

你念得最好。

거의.

go*.ui

幾乎。

說 明

在某事已進行到一大半，或已經快要完成時，可以使用「거의」來表達某件事已差不多快完成了。

會 話

Ⓐ 나는 거의 사흘 밤을 자지 않았어요.

na.neun/go*.ui/sa.heul/ba.meul/jja.ji/a.na.sso*.yo

我幾乎有三天沒睡覺。

Ⓑ 왜요? 고민이라도 있었어요?

we*.yo//go.mi.ni.ra.do/i.sso*.sso*.yo

為什麼？有什麼煩惱嗎？

應用句子

▶퇴근 시간이 거의 다 됐다.

twe.geun/si.ga.ni/go*.ui/da/dwe*t.da

下班時間快要到了。

▶문제는 이미 거의 해결되었다.

mun.je.neun/i.mi/go*.ui/he*.gyo*l.dwe.o*t.da

問題幾乎都已經解決了。

곧·
got
馬上。

說 明

「곧」有「立即」、「馬上」、「眼看」的意思。也可以使用「바로」。

會 話

A 곧 날이 어두워질거야. 빨리 집에 돌아가자.

got/na.ri/o*.du.wo.jil.go*.ya//bal.li/ji.be/do.ra.ga.ja

天馬上就要黑了。我們快回家吧！

B 잠깐만. 10분만 더 있을게.

jam.gan.man//sip.bun.man/do*/i.sseul.ge

等一下，再待十分鐘就好。

應用句子

▶이제 곧 설이 다가온다.
i.je/got/so*.ri/da.ga.on.da
眼看就要過年了。

▶아버지는 곧 너를 찾아 올 것이다.
a.bo*.ji.neun/got/no*.reul/cha.ja/ol/go*.si.da
爸爸馬上就會來找你的。

그냥.

geu.nyang

照樣。

說明

「그냥」有「照樣、一直、仍然」的意思。另外，「그냥」也有「就那樣」的意思。

會話

A 어린애가 그냥 울고 있어요.

o*.ri.ne*.ga/geu.nyang/ul.go/i.sso*.yo

孩子一直哭。

B 그럼 어떡해? 병원이라도 갈까?

geu.ro*m/o*.do*.ke*//byo*ng.wo.ni.ra.do/gal.ga

那怎麼辦？要不要去醫院？

應用句子

▶ 이번만은 그냥 넘길 수 없다.

i.bo*n.ma.neun/geu.nyang/no*m.gil/su/o*p.da

這次不能就那樣放過。

▶ 그냥 내버려둘 수 없다.

geu.nyang/ne*.bo*.ryo*.dul/su/o*p.da

不能就那樣置之不理。

꼭.
gok
一定。

說 明

「꼭」有一定、務必的意思。請他人務必要去做某件事時，就可以使用這個字來表達。另外，「꼭」也有「緊緊地」的意思。

會 話

Ⓐ 약속은 꼭 지켜야 돼.

yak.sso.geul/gok/ji.kyo*.ya/dwe*

一定要遵守約定喔！

Ⓑ 알았다니까. 걱정하지 마.

a.rat.da.ni.ga//go*k.jjo*ng.ha.ji/ma

知道了啦！別擔心。

應用句子

▶ 눈을 꼭 감아라.

nu.neul/gok/ga.ma.ra

緊緊閉上眼睛。

▶ 내년에 그 회사에 꼭 취직할 거예요.

ne*.nyo*.ne/geu/hwe.sa.e/gok/chwi.ji.kal/go*.ye.yo

明年我一定要進入那家公司。

다행히.

da.he*ng.hi

幸好。

說明

「다행히」有「幸好、幸虧」之意。當自己運氣很好或安然度過某種災難時，就可以使用「다행히」來表達。

會話

Ⓐ 다행히 그가 왔어요.

da.he*ng.hi/geu.ga/wa.sso*.yo

幸好他來了。

Ⓑ 이제야 좀 안심이 되네요.

i.je.ya/jom/an.si.mi/dwe.ne.yo

現在終於可以安心一點了。

應用句子

▶ 다행히 우리는 먼저 빠져 나왔어요.

da.he*ng.hi/u.ri.neun/mo*n.jo*/ba.jo*/na.wa.sso*.yo

幸好我們先脫身了。

▶ 면접시험은 다행히 통과했지만 아직 필기시험이 남았어요.

myo*n.jo*p.ssi.ho*.meun/da.he*ng.hi/tong.gwa.he*t.jji.man/a.jik/pil.gi.si.ho*.mi/na.ma.sso*.yo

幸好通過了面試，不過還剩下筆試。

• track 102

도대체.
do.de*.che
到底。

說明

「도대체」有「究竟、到底」的意思，主要使用於疑問句。

會話

🅐 저 분은 도대체 누굽니까?

jo*/bu.neun/do.de*.che/nu.gum.ni.ga

那位到底是誰呢？

🅑 저분은 저희 회사의 사장님입니다.

jo*.bu.neun/jo*.hi/hwe.sa.ui/sa.jang.ni.mim.ni.da

那位是我們公司的社長。

應用句子

▶ 그는 도대체 무슨 짓을 한 거니?

geu.neun/do.de*.che/mu.seun/ji.seul/han/go*.ni

他到底做了什麼事呢？

▶ 도대체 명동이 어느 방향이에요?

do.de*.che/myo*ng.dong.i/o*.neu/bang.hyang.i.e.yo

到底明洞在哪個方向呢？

▶ 도대체 어찌된 일이야?

do.de*.che/o*.jji.dwen/ i.ri.ya

究竟是怎麼回事？

다시.

da.si

再次。

說明

「다시」有「再、又、重新」之意。「또」也有「又、再」的意思。兩者可以連用。

會話

A 내 신용카드를 잃어 버렸어. 어떡해?

ne*/si.nyong.ka.deu.reul/i.ro*/bo*.ryo*.sso*//o*.do*.ke*

我的信用卡弄丟了，怎麼辦？

B 네? 다시 그 가게에 돌아가 보자. 찾아낼지도 모르니까.

ne//da.si/geu.ga.ge.e/do.ra.ga/bo.ja//cha.ja.ne*l.ji.do/mo.reu.ni.ga

什麼？再回去那家店吧！也許可以找的到。

應用句子

▶ 다시 한번 시도해 보세요.

da.si/han.bo*n/si.do.he*/bo.se.yo

請再嘗試一次吧！

▶ 같은 문제이지만 또 틀렸어요.

ga.teun/mun.je.i.ji.man/do/teul.lyo*.sso*.yo

雖然是一樣的問題，但又錯了。

마침.
ma.chim
剛好。

說明

「마침」有「恰好、剛好、正好」的意思。如果要表達時間上的剛好，就很適合使用這個字喔！

會話

Ⓐ 어제 집에 도착했을때 마침 비가 내리기 시작했어.

o*.je/ji.be/do.cha.ke*.sseul.de*/ma.chim/bi.ga/ne*.ri.gi/si.ja.ke*.sso*

昨天到家的時候，剛好開始下雨。

Ⓑ 운이 좋네.

u.ni/jon.ne

運氣很好耶！

應用句子

▶ 당신 마침 잘 왔어요.

dang.sin/ma.chim/jal/wa.sso*.yo

你來得正好。

▶ 아침에 일어났을 때는 마침 8시였다.

a.chi.me/i.ro*.na.sseul/de*.neun/ma.chim/yo*.do*p.ssi.yo*t.da

早上起床的時候，剛好是 8 點鐘。

드디어.

deu.di.o*

終於。

說 明

在經過一番努力、奮鬥過後，終於得到某樣成果時，可以使用「드디어」來表達「最後終於」之意。也可以使用「마침내」。

會 話

Ⓐ 며칠 동안 바쁘게 보내더니, 드디어 일이 다 끝났어요.

myo*.chil/dong.an/ba.beu.ge/bo.ne*.do*.ni,/deu.di.o*/i.ri/da/geun.na.sso*

忙碌了好幾天，終於把事情全部結束了。

Ⓑ 그럼 이제 같이 놀러 가도 되겠네요.

geu.ro*m/i.je/ga.chi/nol.lo*/ga.do/dwe.gen.ne.yo

那麼，現在可以一起去玩了吧？

應用句子

▶ 나는 드디어 시험에 성공했어!

na.neun/deu.di.o*/si.ho*.me/so*ng.gong.he*.sso*

我終於試驗成功。

▶ 엄마는 마침내 울었어요.

o*m.ma.neun/ma.chim.ne*/u.ro*.sso*.yo

媽媽終於哭出來了。

바로.

ba.ro

正是。

說明

「바로」有多種意思。它可以表示「正是、就是」、「筆直、端直」、「馬上、當下」等的意涵。

會話

A 여기가 바로 제 집입니다.

yo*.gi.ga/ba.ro/je/ji.bim.ni.da

這裡就是我的家。

B 와. 아주 근사하네요.

wa//a.ju/geun.sa.ha.ne.yo

哇！很棒耶！

應用句子

▶ 이 사람이 바로 내 언다.

i.sa.ra.mi/ba.ro/ne*/o*n.ni.da

這個人就是我的姊姊。

▶ 너 지금 바로 가거라.

no*/ji.geum/ba.ro/ga.go*.ra

你現在馬上就去。

• track 104

반드시.

ban.deu.si

必定。

說明

「반드시」有「必定、務必、必然」的意思。和「꼭」類似。

會話

Ⓐ 난 반드시 성공해야 돼.

nan/ban.deu.si/so*ng.gong.he*.ya/dwe*

我一定要成功。

Ⓑ 나도 응원해 줄게.

na.do/eung.won.he*/jul.ge

我也會支援你的。

應用句子

▶ 하늘이 날 만들었으니 반드시 쓸모가 있겠지.

ha.neu.ri/nal/man.deu.ro*.sseu.ni/ban.deu.si/sseul. mo.ga/it.get.jji

天生我材必有用。

▶ 지금 부모님께 효도를 하지 않으면 나중에 반드시 후회할 것이다.

ji.geum/bu.mo.nim.ge/hyo.do.reul/ha.ji/a.neu.myo* n/na.jung.e/ban.deu.si/hu.hwe.hal/go*.si.da

如果現在不孝順父母，以後必定會後悔。

> 벌써.
> bo*l.sso*
> 已經。

說明

「벌써」有「已經、早就」的意思。和「이미」同義。

會話

Ⓐ 뭐? 그가 벌써 갔어?

mwo//geu.ga/bo*l.sso*/ga.sso*

什麼？他已經走了？

Ⓑ 응. 다른 일이 있다고 먼저 갔어.

eung//da.reun/i.ri/it.da.go/mo*n.jo*/ga.sso*

嗯，說是有其他事情，所以先走了。

應用句子

▶ 방은 두세달 전에 벌써 예약이 끝났는데요.
bang.eun/du.se.dal/jjo*.ne/bo*l.sso*/ye.ya.gi/geun.
nan.neun.de.yo
房間兩三個月以前就已經被訂光了。

▶ 콘서트 입장권이 벌써 매진됐어요.
kon.so*.teu/ip.jjang.gwo.ni/bo*l.sso*/me*.jin.dwe*.
sso*.yo
演唱會門票早就賣完了。

▶ 이미 때가 늦었다.
i.mi/de*.ga/neu.jo*t.da
為時已晚。

제발.

je.bal

務必。

說明

主要使用在表示殷切的請求或希望，中文譯為「請務必…」。「제발」有「務必、但願、千萬」的意思。也可以使用「부디」。

會話

A 제발 이 비밀을 남에게 알리지 마세요.
je.bal i bi.mi.reul na.me.ge al.li.ji ma.se.yo
拜託你不要將這個秘密告訴其他人。

B 걱정하지 마세요. 아무도 모를 거예요.
go*k.jjo*ng.ha.ji/ma.se.yo//a.mu.do/mo.reul/go*.ye.yo
別擔心！誰也不會知道的。

應用句子

▶ 부디 건강하십시오.
bu.di/go*n.gang.ha.sip.ssi.o
請您務必要健康。

▶ 제발 좀 조용 해!
je.bal/jjom/jo.yong/he*
請安靜一點！

▶ 부디 성공하기를 바랍니다.
bu.di/so*ng.gong.ha.gi.reul/ba.ram.ni.da
希望你一定會成功。

• track 106

먼저.

mo*n.jo*

先。

說 明

「먼저」有「首先、先」的意思。如果要表達自己或他人先做某種行為時，就可以使用這個字。另外，也可以使用「우선」。

會 話

A 미연씨 먼저 가세요.

mi.yo*n.ssi/mo*n.jo*/ga.se.yo

美研小姐，你先走吧！

B 네. 그럼 이따가 봐요.

ne//geu.ro*m/i.da.ga/bwa.yo

好的，那待會見。

應用句子

▶ 다음에 내가 동생보다 먼저 도착해야겠다고 생각합니다.

da.eu.me/ne*.ga/dong.se*ng.bo.da/mo*n.jo*/do.cha.ke*.ya.get.da.go/se*ng.ga.kam.ni.da

我想下次我應該比弟弟先抵達。

▶ 먼저 가서 유감이에요.

mo*n.jo*/ga.so*/yu.ga.mi.e.yo

很遺憾你先走了。

방금.

bang.geum

剛才。

說明

「방금」有「剛才、剛剛」的意思。要表達事物剛才的狀態，或人剛才的行為時，都可以使用這個單字。另外，也可以使用「막」。

會話

Ⓐ 나는 방금 기차에서 내렸어요. 10분만 기다려 주세요.

na.neun/bang.geum/gi.cha.e.so*/ne*.ryo*.sso*.yo// sip.bun.man/gi.da.ryo*/ju.se.yo

我剛下火車，請再等我 10 分鐘。

Ⓑ 네. 천천히 오세요.

ne//cho*n.cho*n.hi/o.se.yo

好的，慢慢來吧！

應用句子

▶방금 한 얘기가 사실이에요?

bang.geum/han/ye*.gi.ga/sa.si.ri.e.yo

你剛才說的話是事實嗎？

▶9시 급행 열차가 막 떠났습니다.

a.hop.ssi/geu.pe*ng/yo*l.cha.ga/mak/do*.nat. sseum.ni.da

9 點的快車剛剛走了。

아직.

a.jik

還沒。

說 明

「아직」有「還、未、至今」等的意思。如果要表示自己或他人還沒做某事，或事物尚未出現的狀態時，都可以使用這個單字。

會話 1

Ⓐ 이 소설책을 다 읽었어요?

i.so.so*l.che*.geul/da/il.go*.sso*.yo

這本小說都讀完的嗎？

Ⓑ 아니오, 아직 다 못 읽었어요.

a.ni.o//a.jik/da/mot/il.go*.sso*.yo

沒有，還沒全部讀完。

會話 2

Ⓐ 배 고파요?

be*/go.pa.yo

肚子餓嗎？

Ⓑ 아니오, 아직 배고프지 않아요.

a.ni.o//a.jik/be*.go.peu.ji/a.na.yo

不，肚子還不餓。

應用句子

▶ 은행이 아직 문을 열지 않았다.

eun.he*ng.i/a.jik/mu.neul/yo*l.ji/a.nat.da

銀行還沒有開門。

어차피.

o*.cha.pi

反正。

說 明

「어차피」有「反正、無論如何」的意思。

會話 1

A 내일 강연회에 참석하고 싶지 않아.

ne*.il/gang.yo*n.hwe.e/cham.so*.ka.go/sip.jji/a.na.

真不想參加明天的演講。

B 어차피 그 강연은 너와 상관없는 일이 잖아.

o*.cha.pi/geu/gang.yo*.neun/no*.wa/sang.gwa.no*m.neun/i.ri.ja.na

反正那演講也和你沒關係嘛！

會話 2

A 어차피 나는 다른 일이 없으니까 너와 함께 가도 돼.

o*.cha.pi/na.neun/da.reun/i.ri/o*p.sseu.ni.ga/no*.wa/ham.ge/ga.do/dwe*

反正我沒有其他事情，和你一起去也行。

B 정말이지? 고마워!

jo*ng.ma.ri.ji//go.ma.wo

真的嗎？謝謝你！

모두.

mo.du

全部。

說 明

「모두」有全部、總共的意思。也可以用來表示所有的人、大家的意思。另外,如果要表達全部的意思,也可以使用「전부」。

會 話

Ⓐ 그 놀라운 소식을 들었어요?

geu/nol.la.un/so.si.geul/deu.ro*.sso*.yo

你聽到那驚人的消息了嗎?

Ⓑ 그건 사람들 모두 알아요.

geu.go*n/sa.ram.deul/mo.du/a.ra.yo

那消息人人皆知。

應用句子

▶ 가족들은 모두 잘 지내시나요?

ga.jok.deu.reun/mo.du/jal/jji.ne*.si.na.yo

全家都很好嗎?

▶ 모두 얼마나 돼요?

mo.du/o*l.ma.na/dwe*.yo

全部有多少?

▶ 이것은 전부 사실입니다.

i.go*.seun/jo*n.bu/sa.si.rim.ni.da

這全都是事實。

이따가.

i.da.ga

待會。

說明

「이따가」有待會、等一下的意思。可以用來表示自己或他人待會要做的行為。

會話 1

A 사장님, 이따가 그 서류를 가져다 드릴게요.

sa.jang.nim//i.da.ga/geu/so*.ryu.reul/ga.jo*.da/deu.ril.ge.yo

社長,待會我會把那資料交給您。

B 알았다.

a.rat.da

知道了。

會話 2

A 죄송하지만 대리님이 방금 나가셨어요.

jwe.song.ha.ji.man/de*.ri.ni.mi/bang.geum/na.ga.syo*.sso*.yo

不好意思,代理剛才出去了。

B 그럼 이따가 다시 전화할게요.

geu.ro*m/i.da.ga/da.si/jo*n.hwa.hal.ge.yo

那麼,我待會再打。

너무.

no*.mu

太。

說 明

「너무」有太、過份的意思。可以用來形容事物過份的狀態或人們過份的行為。

會 話

A 요즘은 너무 바빴어요.

yo.jeu.mcun/no*.mu/ba.ba.sso*.yo

最近太忙了。

B 너무 무리하지 마. 건강도 중요하잖아.

no*.mu/mu.ri.ha.ji/ma//go*n.gang.do/jung.yo.ha.ja.na

不要太勉強了，健康也很重要。

應用句子

▶너무 신경 쓰지 마세요.

no*.mu/sin.gyo*ng/sseu.ji/ma.se.yo

請勿太過費心。

▶날씨가 너무 더워요. 에어콘을 좀 켜 주세요.

nal.ssi.ga/no*.mu/do*.wo.yo//e.o*.ko.neul/jjom/

kyo*/ju.se.yo

天氣太熱了，請幫我開一下冷氣。

▶날씨가 너무 추워서 밖에 나가기 싫어요.

nal.ssi.ga/no*.mu/chu.wo.so*/ba.ge/na.ga.gi/si.ro*.yo

天氣太冷了，不想出門。

일부러.

il.bu.ro*

特意。

說明

「일부러」有特意、故意的意思。可以用來表示明知故犯的行為，或有某種目的或想法時，特意做的行為。

會話

A 일부러 우리를 마중 나와 주셔서 너무 감사해요.

il.bu.ro*/u.ri.reul/ma.jung/na.wa/ju.syo*.so*/no*. mu/gam.sa.he*.yo

特地來迎接我們，實在太感謝了。

B 별말씀을요. 제가 마땅히 해야 할 일입니다.

byo*l.mal.sseu.meu.ryo//je.ga/ma.dang.hi/he*.ya/hal/i.rim.ni.da

您太客氣了，這是我應當要做的事情。

應用句子

▶ 넌 일부러 이런 말을 한거지?

no*n/il.bu.ro*/i.ro*n/ma.reul/han.go*.ji

你是故意説這種話的吧？

자꾸.

ja.gu

一直。

說明

「자꾸」有「一直不斷」的意思。可以用來形容不停反覆或不斷持續的狀況。與「언제나、늘、항상」類似。

會話

A 왜 시계를 자꾸 봐요?

we*/si.gye.reul/ja.gu/bwa.yo

為什麼一直看錶呢？

B 기다리는 사람이 있어요.

gi.da.ri.neun/sa.ra.mi/i.sso*.yo

有要等的人。

應用句子

▶ 자꾸 당신 생각이 나요.

ja.gu/dang.sin/se*ng.ga.gi/na.yo

老是想起你。

▶ 자꾸 졸기만 한다.

ja.gu/jol.gi.man/han.da

一直打瞌睡。

▶ 그 멋있는 남자가 자꾸 나를 보네.

geu/mo*.sin.neun/nam.ja.ga/ja.gu/na.reul/bo.ne

那帥氣的男子一直看我。

• track 110

항상.

hang.sang

總是。

說明

「항상」有經常、總是的意思。可以用來形容經常或不斷持續的狀況。與「언제나、늘」類似。

會話

A 이 점은 항상 주의 해야 해.

i/jo*.meun/hang.sang/ju.ui/he*.ya/he*

必須要時常注意這一點。

B 네. 잊지 않겠습니다.

ne//it.jji/an.ket.sseum.ni.da

是的，我不會忘記。

應用句子

▶그녀는 항상 웃어요.

geu.nyo*.neun/hang.sang/u.so*.yo

她總是笑笑的。

▶난 항상 이근처에서 길을 잃어.

nan/hang.sang/i.geun.cho*.e.so*/gi.reul/ i.ro*

我總是在這附近迷路。

▶그것은 항상 있을 수 있는 일이에요.

geu.go*.seun/hang.sang/i.sseul/ssu/in.neun/i.ri.e.yo

那是經常會有的事情。

적어도.

jo*.go*.do

至少。

說 明

「적어도」表最低限度的意思，相當於中文的「至少、起碼」。

會話 1

Ⓐ 제가 한국어를 배운 지 적어도 2년은 되었어요.

je.ga/han.gu.go*.reul/be*.un/ji/jo*.go*.do/i.nyo*.neun/dwe.o*.sso*.yo

我學韓文至少有 2 年了。

Ⓑ 그럼 한국말을 잘 하겠네요.

geu.ro*m/han.gung.ma.reul/jjal/ha.gen.ne.yo

那韓語一定很好吧！

會話 2

Ⓐ 얼마나 더 필요한데?

o*l.ma.na/do*/pi.ryo.han.de

還需要多少？

Ⓑ 적어도 10만원은 더 줘야해요.

jo*.go*.do/sim.ma.nwo.neun/do*/jwo.ya.he*.yo

至少再給我 10 萬元吧！

점점.

jo*m.jo*m

漸漸。

說 明

「점점」有漸漸的意思。可以用來表示狀態慢慢變多或變少的情況。與「차차、점차」相似。

會話 1

Ⓐ 엄마의 몸이 점점 더 좋아져서 다행이에요.

o*m.ma.ui/mo.mi/jo*m.jo*m/do*/jo.a.jo*.so*/da.he*ng.i.e.yo

媽媽的身體漸漸好轉，真是太好了。

Ⓑ 이제 퇴원해도 되겠네요.

i.je/twe.won.he*.do/dwe.gen.ne.yo

現在可以出院了。

應用句子

▶ 점점 추워지네요. 빨리 집에 가요.

jo*m.jo*m/chu.wo.ji.ne.yo/bal.li/ji.be/ga.yo

慢慢變冷了耶！快點回家吧！

▶ 날씨가 점점 따뜻해지기 시작했다.

nal.ssi.ga/jo*m.jo*m/da.deu.te*.ji.gi/si.ja.ke*t.da

天氣開始漸漸暖和了。

전혀.
jo*.nyo*
全然。

說 明

「전혀」有完全、全然的意思，主要使用在否定文句內。

會話 1

A 약을 먹어도 감기가 전혀 낫지 않아. 어떡하지?

ya.geul/mo*.go*.do/gam.gi.ga/jo*.nyo*/nat.jji/a.na/o*.do*.ka.ji

吃了藥，感冒一點也沒好。怎麼辦？

B 다시 병원에 갈까?

da.si/byo*ng.wo.ne/gal.ga

要不要再去一次醫院？

應用句子

▶ 전혀 모르다.
jo*.nyo*/mo.reu.da
完全不知道。

▶ 그때의 일은 전혀 기억 안 나.
geu.de*.ui/i.reun/jo*.nyo*/gi.o*k/an/na
那時的事情完全記不起來。

▶ 이번 일은 전혀 방법이 없어요.
i.bo*n/i.reun/jo*n.hyo*/bang.bo*.bi/o*p.sso*.yo
這次的事情束手無策。

• track 112

정도.

jo*ng.do

大約╱左右。

說 明

「정도」表程度之意，相當於中文的「大約…左右」。
也可以使用「쯤」喔！

會話 1

A 언제쯤 다시 만날 수 있을까요?

o*n.je.jjeum/da.si/man.nal/ssu/i.sseul.ga.yo

何時可以再次見面呢？

B 다음주 월요일이 어때요?

da.eum.ju/wo.ryo.i.ri/o*.de*.yo

下星期一怎麼樣？

應用句子

▶ 이 정도면 받아들일 수 없어요.

i/jo*ng.do.myo*n/ba.da.deu.ril/su/o*p.sso*.yo

這種程度，我無法接受。

▶ 이주일쯤 일을 다 끝낼 수 있어요.

i.ju.il.jjeum/i.reul/da/geun.ne*l/su/i.sso*.yo

大概兩個星期就可以把事情全部解決。

▶ 한글을 어느 정도 알아요?

han.geu.reul/o*.neu/jo*ng.do/a.ra.yo

你認識多少韓文字呢？

자주.
ja.ju
時常。

說 明

「자주」有經常、常常的意思。如果要形容人經常做某樣相同的事情，或是經常發生相同的事情，都可以使用這個字。

會話 1

Ⓐ 농구를 자주 합니까?

nong.gu.reul/jja.ju/ham.ni.ga

您常打籃球嗎？

Ⓑ 네, 주말마다 농구를 하거나 수영을 합니다.

ne//ju.mal.ma.da/nong.gu.reul/ha.go*.na/su.yo*ng.eul/ham.ni.da

是的，每到周末就會打籃球或游泳。

應用句子

▶ 여름에는 자주 비가 오고 겨울에는 자주 눈이 와요.

yo*.reu.me.neun/ja.ju/bi.ga/o.go/gyo*.u.re.neun/ja.ju/nu.ni/wa.yo

夏天經常下雨，冬天經常下雪。

▶ 자주 밤샘하는 것은 몸에 해롭다.

ja.ju/bam.se*m.ha.neun/go*.seun/mo.me/he*.rop.da

常熬夜對身體有害。

• track 113

특히.

teu.ki

特別。

說明

「특히」有特別的意思。當自己特別想要強調某件事情時，就可以使用這個字。

會話 1

Ⓐ 난 유명한 사람이 되고 싶어. 특히 가수가 되고 싶어.

nan/yu.myo*ng.han/sa.ra.mi/dwe.go/si.po*//teu.ki/ga.su.ga/dwe.go/si.po*

我想成為有名的人物，特別是成為歌手。

Ⓑ 그래? 나는 대통령이 되고 싶어.

geu.re*//na.neun/de*.tong.nyo*ng.i/dwe.go/si.po*

是嗎？我是想成為總統。

會話 2

Ⓐ 한국 음식 중에서 어떤 요리를 가장 좋아하세요?

han.guk/eum.sik/jung.e.so*/o*.do*n/yo.ri.reul/ga.jang/jo.a.ha.se.yo

韓國飲食中，你最喜歡哪種料理呢？

Ⓑ 모두 좋아해요. 그런데 그 중에서 특히 순두부 찌개가 좋아요.

mo.du/jo.a.he*.yo//geu.ro*n.de/geu/jung.e.so*/teu.ki/sun.du.bu/jji.ge*.ga/jo.a.yo

我都喜歡。但在那之中，我特別喜歡嫩豆腐鍋。

같이.
ga.chi
一起。

說 明

「같이」有許多種意思。其中「같이」有一起、一塊的意思，此時的意思同於「함께」。

會話 1

A 같이 식당에 가서 저녁 먹을래요?

ga.chi/sik.dang.e/ga.so*/jo*.nyo*k/mo*.geul.le*.yo

要一起去餐廳吃晚餐嗎？

B 미안해요. 일이 너무 많아서 빨리 처리 해야 돼요. 먼저 가세요.

mi.an.he*.yo//i.ri/no*.mu/ma.na.so*/bal.li/cho*.ri. he*.ya/dwe*.yo//mo*n.jo*/ga.se.yo.

抱歉！我事情太多了，要快點處理才行。你先去吧！

應用句子

▶오늘은 당신과 함께 있지 못해서 미안해요.

o.neu.reun/dang.sin.gwa/ham.ge/it.jji/mo.te*.so*/ mi.an.he*.yo

對不起今天不能陪你。

▶같이 가지 못해서 정말 아쉬워요.

ga.chi/ga.ji/mo.te*.so*/jo*ng.mal/a.swi.wo.yo

不能跟你一起去真可惜。

• track 114

함부로.

ham.bu.ro

隨意。

說明

「함부로」有隨意、隨便的意思。通常使用在負面的文句內，有胡亂做某事、亂來的意涵。

會話 1

A 함부로 남의 물건에 손대지 마세요.

ham.bu.ro/na.mui/ mul.go*.ne/sson.de*.ji/ma.se.yo

請不要隨便亂動別人的東西。

B 죄송합니다.

jwe.song.ham.ni.da

對不起。

會話 1

A 남의 사생활을 함부로 말하면 안 돼. 알지?

na.mui/sa.se*ng.hwa.reul/ham.bu.ro/mal.ha.myo*n/an/dwe*//al.jji

不可以隨意亂說別人的私生活，知道嗎？

B 네. 명심하겠습니다.

ne//myo*ng.sim.ha.get.sseum.ni.da

是的，我會謹記在心。

훨씬.

hwol.ssin

更。

說明

「훨씬」表「更、更加」之意，也可以使用「더」。

會話 1

Ⓐ 얼굴로 비하면 내가 훨씬 예쁘잖아.

o*l.gul.lo/bi.ha.myo*n/ne*.ga/hwol.ssin/ye.beu.ja.na

如果比臉蛋，我明明比較漂亮嘛！

Ⓑ 네가 이런 말도 하는구나.

ni.ga/i.ro*n/mal.do/ha.neun.gu.na

你也會說這種話阿。

應用句子

▶ 이렇게 되면 일이 더 간단해지겠다.

i.ro*.ke/dwe.myo*n/i.ri/do*/gan.dan.he*.ji.get.da

這樣的話，事情會變得更簡單。

▶ 전도현이 나보다 훨씬 유명해요.

jo*n.do.hyo*.ni/na.bo.da/hwol.ssin/yu.myo*ng.he*. yo

全度研比我更有名氣。

▶ 그의 돈은 당신보다 훨씬 많잖아요.

geu.ui/do.neun/dang.sin.bo.da/hwol.ssin/man.cha. na.yo

他的錢比你還多嘛！

일찍.

il.jjik

早點。

說 明

「일찍」表「及早、早點」的意思。如果要表示早一點做某事時，就可以使用這個字。

會話 1

A 우성아, 일찍 자라.

u.so*ng.a//il.jjik/ja.ra

宇成啊！早點睡。

B 네. 좀 이따가 잘게요.

ne//jom/i.da.ga/jal.ge.yo

好，再等一下就去睡。

會話 2

A 오늘도 지각을 했어요.

o.neul.do/ji.ga.geul/he*.sso*.yo

今天又遲到了。

B 미안해요. 내일부터 꼭 일찍 일어날게요.

mi.an.he*.yo//ne*.il.bu.to*/gok/il.jjik/i.ro*.nal.ge.yo

對不起。從明天起我一定會早點起床。

應用句子

▶ 이미 결정했으면 일찍 시작하세요.

i.mi/gyo*l.jo*ng.he*.sseu.myo*n/il.jjik/si.ja.ka.se.yo

如果已經決定好了，就早點開始吧！

Chapter 7

談天說地篇

• track 116

걱정돼요.

go*k.jjo*ng.dwe*.yo

擔心。

說明

詢問對方的情形、覺得擔心或是對事情不放心的時候，可以使用這個字來表達自己心中的感受。

會話

Ⓐ 나는 석규가 안 올까봐 걱정돼.

na.neun/so*k.gyu.ga/an/ol.ga.bwa/go*k.jjo*ng.
dwe*

我擔心石圭不會來。

Ⓑ 걱정하지 마. 꼭 올 거야. 더 기다려
보자.

go*k.jjo*ng.ha.ji/ma//gok/ol/go*.ya//do*/gi.da.ryo*
/bo.ja

不要擔心，他一定會來的。再等一下吧！

應用句子

▶ 그런 일로 걱정하지 마세요. 안심해도 돼요.

geu.ro*n/il.lo/go*k.jjo*ng.ha.ji/ma.se.yo//an.sim.
he*.do/dwe*.yo

請不要擔心那種事，放心吧！

▶ 그 임무를 제때에 해낼까 걱정이다.

geu/im.mu.reul/jje.de*.e/he*.ne*l.ga/go*k.jjo*ng.i.da

不知道能不能按時完成任務，真擔心！

겁나요.

go*m.na.yo

害怕。

說 明

「겁나다」有「擔心、害怕」的意思。如果想要表達
自己害怕、畏懼的心情時，可以使用這個字來表達自
己的感受。

會 話

Ⓐ 혼자 집에 있는 건 좀 겁이 나요.

hon.ja/ji.be/in.neun/go*n/jom/go*.bi/na.yo

我有點害怕獨自在家。

Ⓑ 그럼 오늘 우리 집에 갈까?

geu.ro*m/o.neul/u.ri/ji.be/gal.ga

那要不要來我們家？

應用句子

▶ 선생님께 들킬까봐 겁났다.

so*n.se*ng.nim.ge/deul.kil.ga.bwa/go*m.nat.da

害怕被老師發現。

▶ 너무 겁나서 소리를 질렀어요.

no*.mu/go*m.na.so*/so.ri.reul/jjil.lo*.sso*.yo

太害怕，所以叫出來了

기대돼요.

gi.de*.dwe*.yo

期待。

說 明

對於一件事情有所期待，或是樂觀其成的時候，可以使用這個字來表達自己的感受。

會 話

A 내일은 내 생일이다. 너무 기대돼.

ne*.i.reun/ne*/se*ng.i.ri.da//no*.mu/gi.de*.dwe*

明天是我的生日，好期待喔！

B 생일파티라도 할거야?

se*ng.il.pa.ti.ra.do/hal.go*.ya

會辦慶生會嗎？

應用句子

▶ 이번이 처음이에요. 그래서 기대가 더 커요.

i.bo*.ni/cho*.eu.mi.e.yo//geu.re*.so*/gi.de*.ga/do*/ko*.yo

這次是第一次，所以期望更大。

▶ 너무 기대하지 마세요.

no*.mu/gi.de*.ha.ji/ma.se.yo

請不要太期待。

▶ 기대해 주세요. 반드시 보여 주겠습니다.

gi.de*.he*/ju.se.yo//ban.deu.si/bo.yo*/ju.get.sseum.ni.da

等著看吧！我一定會做給你看的。

부럽다.

bu.ro*p.da

羨慕。

說 明

「부럽다」有羨慕的意思。看到對方擁有比自己更好、更棒的條件時，就可以使用這個字來表達自己的羨慕之情。

會 話

A 그녀의 예쁜 얼굴이 아주 부러워.

geu.nyo*.ui/ye.beun/o*l.gu.ri/a.ju/bu.ro*.wo

好羨慕她的漂亮臉蛋喔！

B 부러울 게 뭐있어? 너도 충분히 예쁘잖아.

bu.ro*.ul/ge/mwo.i.sso*//no*.do/chung.bun.hi/ye.beu.ja.na

有什麼好羨慕的？你也很漂亮啊！

應用句子

▶ 이러한 우정은 정말 부럽다.

i.ro*.han/u.jo*ng.eun/jo*ng.mal/bu.ro*p.da

真羨慕這種友情。

▶ 부럽다. 나도 갖고 싶어.

bu.ro*p.da//na.do/gat.go/si.po*

好羨慕喔！我也想要！

• track 118

슬프다.
seul.peu.da
難過。

說 明

「슬프다」有傷心、悲痛之意。如果要表達自己或他人的哀痛之情，就可以使用這個字。

會話 1

A 친구조차 나를 이해하지 못해요. 정말 슬퍼요.

chin.gu.jo.cha/na.reul/i.he*.ha.ji/mo.te*.yo//jo*ng.mal/sseul.po*.yo

連朋友也無法理解我，真的好難過！

B 울지 말아요. 난 이해해 줄게요.

ul.ji/ma.ra.yo//nan/i.he*.he*/jul.ge.yo

不要哭了。我理解你啊！

應用句子

▶ 슬픈 이야기.
seul.peun/i.ya.gi
哀傷的故事。

▶ 좀 슬픈 느낌.
jom/seul.peun/neu.gim
有點難過的感覺。

▶ 슬픈 영화.
seul.peun/yo*ng.hwa
悲傷電影。

• track 119

실망하다.
sil.mang.ha.da
失望。

說明

對人或事感覺到失望的時候，可以用這個字來表現自己失望的情緒。

會話 1

A 너무 실망하지 말아요.

no*.mu/sil.mang.ha.ji/ma.ra.yo

你不要太失望。

B 이번도 실패했어요. 나한테 다음 기회가 올까요?

i.bo*n.do/sil.pe*.he*.sso*.yo//na.han.te/da.eum.gi.hwe.ga/ol.ga.yo

這一次又失敗了。我還會有下一次機會嗎？

會話 2

A 오늘 꼭 와야 돼! 그렇지 않으면 모두가 실망하게 될 거야.

o.neul/gok/wa.ya/dwe*//geu.ro*.chi/a.neu.myo*n/mo.du.ga/sil.mang.ha.ge/dwel.go*.ya

你今天一定要來！不然的話，大家都會很失望的。

B 알았다니까.

a.rat.da.ni.ga

我知道了啦！

• track 119

싫다.
sil.ta
討厭。／不喜歡。

說明

「싫다」有討厭、不願意、不要的意思。對人、事、物感到極為厭惡的時候，可以使用這個字。

會話

Ⓐ 난 정말 거기에 가기 싫어.

nan/jo*ng.mal/go*.gi.e/ga.gi/sil.rô*

我真的不想去那裡。

Ⓑ 싫어도 가야 돼.

si.ro*.do/ga.ya/dwe*

即使你不想，也一定要去。

應用句子

▶나는 공부하기가 제일 싫어요.

na.neun/gong.bu.ha.gi.ga/je.il/si.ro*.yo

我最討厭讀書。

▶너를 불편하게 만들기 싫다.

no*.reul/bul.pyo*n.ha.ge/man.deul.gi/sil.ta

我不想讓你感到不便。

▶싫은 친구.

si.reun/chin.gu

討厭的朋友。

기쁘다.

gi.beu.da

高興。

說 明

「기쁘다」有高興、開心之意。如果要表達自己或他人高興或欣喜若狂的心情時,可以使用這個字。

會 話

A 그녀와 같이 있어서 아주 기뻐요.
geu.nyo*.wa/ga.chi/i.sso*.so*/a.ju/gi.bo*.yo
那她在一起,真的非常開心。

B 그녀를 좋아해요? 고백했어요?
geu.nyo*.reul/jjo.a.he*.yo/go.be*.ke*.sso*.yo
你喜歡她嗎?告白了嗎?

應用句子

▶ 기쁘게 크리스마스를 보냈어요.
gi.beu.ge/keu.ri.seu.ma.seu.reul/bo.ne*.sso*.yo
開開心心地度過聖誕節。

▶ 이런 소식을 들으니 정말 기뻐요.
i.ro*n/so.si.geul/deu.reu.ni/jo*ng.mal/gi.bo*.yo
聽到這樣的消息,真得很高興。

▶ 기뻐 죽겠다.
gi.bo*/juk.get.da
開心死了。

화나다.

hwa.na.da

生氣。

說明

「화나다」是生氣、發火的意思。如果要表達自己或
他人生氣或憤怒之情時，可以使用這個字。

會話

A 화났어? 그러지 마.

hwa.na.sso*//geu.ro*.ji/ma

生氣囉？不要那樣啦！

B 네 말이 나를 화나게 했잖아.

ni/ma.ri/na.reul/hwa.na.ge/he*t.jja.na

你講的話，讓我生氣的耶！

應用句子

▶ 화내지 말고 천천히 말해 봐요.

hwa.ne*.ji/mal.go/cho*n.cho*n.hi/mal.he*/bwa.yo

不要生氣，慢慢說。

▶ 선생님이 화난 모습은 매우 무서워요.

so*n.se*ng.ni.mi/hwa.nan/mo.seu.beun/me*.u/mu.
so*.wo.yo

老師生氣的模樣很可怕。

▶ 화난 눈.

hwa.nan/nun

生氣的眼睛。

재미있다.
je*.mi.it.da
有趣。

說 明

「재미있다」為有趣、有意思之意。如果要表達做某件事情很有趣，可以使用這個字。它的相反詞為「심심하다」，為無聊之意。

會 話

A 이 책은 보면 볼수록 재미있다.
i/che*.geun/bo.myo*n/bol.su.rok/je*.mi.it.da
這本書越看越有趣。

B 제목이 뭐야?
je.mo.gi/mwo.ya
書名是什麼？

應用句子

▶한국어 수업은 아주 재미있어요.
han.gu.go*/su.o*.beun/a.ju/je*.mi.i.sso*.yo
韓國語課程非常有趣。

▶할아버지의 이야기는 아주 재미있다.
ha.ra.bo*.ji.ui/i.ya.gi.neun/a.ju/je*.mi.it.da
爺爺講的故事很有趣。

▶오늘 파티는 재미있었다.
o.neul/pa.ti.neun/je*.mi.i.sso*t.da
今天的派對很有趣。

심심하다.

sim.sim.ha.da

無聊。

說 明

「심심하다」有無聊、閒得發慌之意。另外,也可以用來表示食物的味道很淡、沒有味道。

會 話

A 나는 심심해 죽겠어.

na.neun/sim.sim.he*/juk.ge.sso*

我快無聊死了。

B 심심할 시간이 있으면 공부 좀 해라.

sim.sim.hal/ssi.ga.ni/i.sseu.myo*n/gong.bu/jom/he*.ra

如果你有時間無聊,就讀點書吧!

應用句子

▶ 어제는 심심해서 등산을 갔어요.

o*.je.neun/sim.sim.he*.so*/deung.sa.neul/ga.sso*.yo

昨天太無聊了,就去登山了。

▶ 야채국이 심심해서 맛이 없다.

ya.che*.gu.gi/sim.sim.he*.so*/ma.si/o*p.da

蔬菜湯味道太淡了,不好吃。

긴장돼요.

gin.jang.dwe*.yo

緊張。

說 明

「긴장돼요」有緊張之意。如果要表示自己或他人的緊張之情時，可以使用這個字。

會 話

Ⓐ 어떡해요? 너무 긴장돼요.

o*.do*.ke*.yo//no*.mu/gin.jang.dwe*.yo

怎麼辦？好緊張！

Ⓑ 일단 진정하세요. 잘 될거예요.

il.dan/jin.jo*ng.ha.se.yo//jal/dwel.go*.ye.yo

請先冷靜一下，事情會很順利的。

應用句子

▶ 처음 무대에 오르면 누구나 긴장하게 될거야.

cho*.eum/mu.de*.e/o.reu.myo*n/nu.gu.na/gin.jang.ha.ge/dwel.go*.ya

不管是誰，初次登台都會感到緊張的。

▶ 모두가 나를 보고 있어서 갑자기 긴장되기 시작했다.

mo.du.ga/na.reul/bo.go/i.sso*.so*/gap.jja.gi/gin.jang.dwe.gi/si.ja.ke*t.da

因為大家都在看我，讓我突然緊張起來。

• track 122

짜증나다.

jja.jeung.na.da

厭煩。

說 明

「짜증」有「小脾氣、厭煩」之意。對人、事、物感到厭煩，或要脾氣時，都可以使用這個單字來表現自己不耐煩的情緒。

會 話

A 정말 일하기 싫어. 짜증나.

jo*ng.mal/il.ha.gi/si.ro*//jja.jeung.na

真的不想做事，煩死了。

B 이 일은 금방 끝날거야. 좀 참아라.

i/i.reun/geum.bang/geun.nal.go*.ya//jom cha.ma.ra

這事情很快就會結束了。你就忍耐一下吧！

應用句子

▶ 함부로 짜증내서는 안 된다.

ham.bu.ro/jja.jeung.ne*.so*.neun/an/dwen.da

不可以隨便亂發脾氣。

▶ 나 건드리지 마라. 짜증 나거든!

na/go*n.deu.ri.ji/ma.ra//jja.jeung/na.go*.deun

不要惹我，很煩人耶！

▶ 나는 회사에 가기만 하면 짜증이 난다.

na.neun/hwe.sa.e/ga.gi.man/ha.myo*n/jja.jeung.i/

nan.da

我只要去公司上班，就感到厭煩。

무섭다.

mu.so*p.da

可怕。

說明

「무섭다」有可怕、膽怯之意。也可以表示某物、某人很厲害、很驚人。另外,「두렵다」也可以表示害怕、恐慌的心情。

會話

Ⓐ 어제 밤 무서운 꿈을 꾸었어요.

o*.je/bam/mu.so*.un/gu.meul/gu.o*.sso*.yo

昨天晚上我夢到了很可怕的夢。

Ⓑ 귀신이라도 나타났어요?

gwi.si.ni.ra.do/na.ta.na.sso*.yo

鬼怪出現了嗎?

應用句子

▶ 그렇게 무서운 얼굴로 나를 보지 마.

geu.ro*.ke/mu.so*.un/o*l.gul.lo/na.reul bo.ji/ma

不要用那麼可怕的臉看著我。

▶ 이곳에 바람이 정말 무섭다.

i.go.se/ba.ra.mi/jo*ng.mal/mu.so*p.da

這裡的風很可怕。

▶ 두려운 광경.

du.ryo*.un/gwang.gyo*ng

恐怖的光景。

• track 123

답답하다.
dap.da.pa.da
煩悶。

說 明

「답답하다」有煩悶、焦急的意思。對某人或某事感到很煩悶、鬱悶，或想表達自己焦急的心情時，都可以使用這個字。

會 話

A 왜 아직 소식이 없어? 진짜 답답해 죽겠어.

we*/a.jik/so.si.gi/o*p.sso*//jin.jja/dap.da.pe*/juk.ge.sso*

為什麼還沒有消息？真是快急死了。

B 진정해. 연락이 바로 올거야.

jin.jo*ng.he*//yo*l.la.gi/ba.ro/ol.go*.ya

鎮定一點。馬上就會聯絡我們了。

應用句子

▶ 요즘 계속 비가 와서 정말 답답해요.

yo.jeum/gye.sok/bi.ga/wa.so*/jo*ng.mal/dap.da.pe*.yo

最近一直下雨，真得很煩悶耶。

▶ 무슨 답답한 일이 있어요?

mu.seun/dap.da.pan/i.ri/i.sso*.yo

你有什麼納悶的事情嗎？

배 고파요. / 배 불러요.

be*/go.pa.yo//be*/bul.lo*.yo

肚子餓。／肚子飽。

說 明

「배」是肚子的意思。「고프다」是飢餓的意思，「부르다」則是飽的意思。想告知他人自己肚子餓時，可以使用「배고파요」。吃完飯時，可以使用「배 불러요」來表達自己已經吃飽了，再也吃不下了。

會 話

Ⓐ 배고파요. 먹을 거 없어요?

be*.go.pa.yo//mo*.geul/go*/o*p.sso*.yo

我肚子餓了，有什麼可以吃嗎？

Ⓑ 또 배고파요? 방금 라면을 먹었잖아요.

do/be*.go.pa.yo//bang.geum/ra.myo*.neul/mo*.go*t.jja.na.yo

你又肚子餓了？你剛才不是才吃過泡麵嗎？

應用句子

▶ 배불러요. 더 이상 못 먹어요.

be*.bul.lo*.yo//do*/i.sang/mot/mo*.go*.yo

我吃飽了，再也吃不下了。

• track 124

좋아하다.

jo.a.ha.da

喜歡。

說 明

「좋아하다」有喜歡、好、高興等的意思。想要表達自己喜歡的人事物時,可以使用「～를/을 좋아하다」或「～가/이 좋다」。

會 話

Ⓐ 좋아하는 사람이 없어요?

jo.a.ha.neun/sa.ra.mi/o*p.sso*.yo

沒有喜歡的人嗎?

Ⓑ 있죠. 난 니가 좋아.

it.jjyo//nan/ni.ga/jo.a

當然有啊!我喜歡你啊!

應用句子

▶ 보고서를 끝내고 나니 얼마나 좋은지 모르겠다.

bo.go.so*.reul/geun.ne*.go/na.ni/o*l.ma.na/jo.eun.ji/mo.reu.get.da

報告書做完後,真不知道有多高興。

▶ 우리 딸은 엄마보다 아빠를 더 좋아해요.

u.ri/da.reun/o*m.ma.bo.da/a.ba.reul/do*/jo.a.he*.yo

我女兒喜歡爸爸更勝於媽媽。

▶ 풍경이 좋은 곳.

pung.gyo*ng.i/jo.eun/got

風景好的地方。

사랑해요.

sa.rang.he*.yo

我愛你。

說明

「사랑」有愛情、戀愛的意思。如果想對他人表示愛戀的心情,可以使用「사랑해요」。

會話

Ⓐ 사랑해요. 나랑 결혼해 줄래요?

sa.rang.he*.yo//na.rang/gyo*l.hon.he*/jul.le*.yo

我愛你!你願意嫁給我嗎?

Ⓑ 내가 사랑하는 사람은 당신밖에 없어요.

ne*.ga/sa.rang.ha.neun/sa.ra.meun/dang.sin.ba.ge/o*p.sso*.yo

我愛的人只有你。

應用句子

▶당신을 사랑하는 마음이 변하지 않을 거예요.

dang.si.neul/ssa.rang.ha.neun/ma.eu.mi/byo*n.ha.ji/a.neul/go*.ye.yo

愛你的心永遠不變。

▶그녀를 사랑하게 되었어요.

geu.nyo*.reul/ssa.rang.ha.ge/dwe.o*.sso*.yo

我愛上了那個女孩。

▶짝사랑. / 첫사랑.

jjak.ssa.rang//cho*t.ssa.rang

單戀。／初戀。

행복하다.

he*ng.bo.ka.da

幸福。

說明

「행복하다」有幸福的意思。如果自己很幸福，可以用「나는 행복해요」來表達；如果要祝福別人幸福，可以使用「꼭 행복하세요」。

會話

A 난 지금 너무 행복해요.

nan/ji.geum/no*.mu/he*ng.bo.ke*.yo

我現在很幸福。

B 남자친구 있어서 그래요?

nam.ja.chin.gu/i.sso*.so*/geu.re*.yo

因為有男朋友才那樣嗎？

應用句子

▶우리 집은 가난하지만 행복해요.

u.ri/ji.beun/ga.nan.ha.ji.man/he*ng.bo.ke*.yo

我們家雖然貧窮，但很幸福。

▶난 이제부터 행복하게 살아갈 거야.

nan/i.je.bu.to*/he*ng.bo.ka.ge/sa.ra.gal/go*.ya

我從現在開始要幸福地過日子。

▶난 세상에서 가장 행복한 사람이라고 생각해요.

nan/se.sang.e.so*/ga.jang/he*ng.bo.kan/sa.ra.mi.ra.go/se*ng.ga.ke*.yo

我認為我是世界上最幸福的人。

너무하다.

no*.mu.ha.da

過份。

說 明

「너무하다」有過頭、過份的意思。當對方做了很過份的事，或說了十分傷人的話，要向對方表示抗議時，就可以用「너무해요」來表示。

會 話

A 네가 바보야? 왜 이런 간단한 일도 못 해?

ni.ga/ba.bo.ya//we*/i.ro*n/gan.dan.han/il.do/mot/he*

你是笨蛋嗎？為什麼連這種簡單的事也不會？

B 말이 너무한 거 아니야?

ma.ri/no*.mu.han/go*/a.ni.ya

這話太過份了吧？

應用句子

▶ 이런 처분은 너무하지 않아?

i.ro*n/cho*.bu.neun/no*.mu.ha.ji/a.na

這種處分不會太過份嗎？

▶ 말씀이 지나치시네요.

mal.sseu.mi/ji.na.chi.si.ne.yo

您講的話太過份了。

• track 126

이상하다.
i.sang.ha.da
奇怪。

說 明

覺得人、事、物的情況感到不太對勁，可以用這個字來形容。例如，「이상한 사람」表示奇怪的人；「이상한 상황」表示奇怪的狀況。

會 話

Ⓐ 너 오늘 좀 이상해. 무슨 일이 있이?
no*/o.neul/jjom/i.sang.he*//mu.seun/i.ri/i.sso*
你今天有點奇怪。有什麼事情嗎？

Ⓑ 아니야. 신경 쓰지 마.
a.ni.ya//sin.gyo*ng/sseu.ji/ma
沒有啦！不要費心。

應用句子

▶ 그 이상한 남자가 왜 자꾸 날 쳐다봐요?
geu/i.sang.han/nam.ja.ga/we*/ja.gu/nal/cho*.da.bwa.yo
那個奇怪的男子，為什麼一直看著我呢？

▶ 이상하네. 이 물건은 왜 여기 있지?
i.sang.ha.ne//i/mul.go*.neun/we*/yo*.gi/it.jji
真奇怪！這東西怎麼會在這裡啊？

▶ 그녀의 반응은 너무 이상해요.
geu.nyo*.ui/ba.neung.eun/no*.mu/i.sang.he*.yo
她的反應太奇怪了。

농담이에요.

nong.da.mi.e.yo

開玩笑。

說明

「농담」有玩笑的意思。開玩笑可以使用「농담을 하다」。

會話

Ⓐ 난 지금 농담을 할 기분이 아니야.

nan/ji.geum/nong.da.meul/hal/gi.bu.ni/a.ni.ya

我現在沒有心情和你開玩笑。

Ⓑ 아. 미안해. 기분이 안 좋아?

a//mi.an.he*//gi.bu.ni/an/jo.a

啊！對不起。你心情不好嗎？

應用句子

▶이것은 농담이 아니야.

i.go*.seun/nong.da.mi/a.ni.ya

這不是開玩笑。

▶농담이에요. 속에 두지 말아요.

nong.da.mi.e.yo//so.ge/du.ji/ma.ra.yo

開玩笑的，不要放在心上。

▶농담을 하지 마세요. 저는 진심이에요.

nong.da.meul/ha.ji/ma.se.yo//jo*.neun/jin.si.mi.e.yo

請不要開玩笑。我是真心的。

아쉽다.

a.swip.da

眞可惜。

說明

「아쉽다」有可惜、捨不得之意。對某件事感到很惋惜時，可以使用「아쉬워요」來表達自己捨不得的心情。

會話

Ⓐ 아쉬워요! 이번의 좋은 기회도 놓쳤어요.

a.swi.wo.yo//i.bo*.nui/jo.eun/gi.hwe.do/not.cho*.sso*.yo

真可惜！這次的好機會也錯過了。

Ⓑ 속상해 말아요. 다음에 좋은 기회가 꼭 오겠죠.

sok.ssang.he*/ma.ra.yo//da.eu.me/jo.eun/gi.hwe.ga/gok/o.get.jjyo

不要難過了。下一個好機會一定會來的。

應用句子

▶ 이건 참 아쉬운 일이다.

i.go*n/cham/a.swi.un/i.ri.da

這真是可惜的事情。

▶ 멀쩡한 물건을 버리는 게 아쉽잖아요.

mo*l.jjo*ng.han/mul.go*.neul/bo*.ri.neun/ge/a.swip.jja.na.yo

把好端端的物品丟掉，很可惜嘛！

대단하다.

de*.dan.ha.da

了不起。

說明

「대단하다」有了不起、厲害、不簡單等的意思。要稱讚別人很了不起、很厲害時,可以使用這個字來表達自己佩服之情。

會話

Ⓐ 대단해요. 어떻게 이런 짧은 시간에 다 해결했어요?

de*.dan.he*.yo//o*.do*.kc/i.ro*n/jjal.beun/si.ga.ne/da/he*.gyo*l.he*.sso*.yo

太了不起了。你是如何在這麼短的時間裡,全部解決的呢?

Ⓑ 열심히 뛰어 다니면서 해결한 거예요.

yo*l.sim.hi/dwi.o*/da.ni.myo*n.so*/he*.gyo*l.han/go*.ye.yo

努力地到處奔波,才把事情解決的。

應用句子

▶ 대단한 인물.

de*.dan.han/in.mul

了不起的人物。

▶ 대단한 능력.

de*.dan.han/neung.nyo*k

了不起的能力。

• track 128

귀찮다.
gwi.chan.ta
麻煩。

說明

「귀찮다」有討厭、麻煩、不耐煩的意思。當對某件事感到不耐煩，或嫌麻煩時，可以使用這個字。

會話 1

A 뭐가 그렇게 복잡해? 귀찮아 정말.

mwo.ga/geu.ro*.ke/bok.jja.pe*//gwi.cha.na/jo*ng.mal

什麼事那麼複雜啊？真的很麻煩耶！

B 이게 꼭 해야 할 일이야. 빨리 와.

i.ge/gok/he*.ya/hal/i.ri.ya//bal.li/wa

這是一定要做的事情。快點過來！

應用句子

▶ 너무 피곤해서 말하기도 귀찮아요.

no*.mu/pi.gon.he*.so*/mal.ha.gi.do/gwi.cha.na.yo

我太累了，連話也懶得說。

▶ 싫어. 귀찮아. 안 할래.

si.ro*//gwi.cha.na//an/hal.le*

不要！麻煩死了！我不幹！

▶ 사람을 귀찮게 하지 마세요.

sa.ra.meul/gwi.chan.ke/ha.ji/ma.se.yo

請不要讓人感到厭煩。

나쁘다.

na.beu.da

壞。

說 明

「나쁘다」有不好、壞的意思。形容某人、某物、某事不好時，可以使用「나쁘다」來形容。

會 話

Ⓐ 넌 참 나쁜 사람이야.

no*n/cham/na.beun/sa.ra.mi.ya

你真的是個壞蛋。

Ⓑ 왜 이래? 나 또 잘못 한거야?

we*/i.re*//na/do/jal.mot/han.go*.ya

你怎麼了？我又做錯事了嗎？

應用句子

▶ 담배를 피우지 마세요. 건강에 나빠요.

dam.be*.reul/pi.u.ji/ma.se.yo//go*n.gang.e/na.ba.yo

請不要抽菸，對健康不好。

▶ 최근 그의 몸이 매우 나쁘다고 들었어요.

chwe.geun/geu.ui/mo.mi/me*.u/na.beu.da.go/deu.ro*.sso*.yo

聽說最近他的身體很不好。

• track 129

멋있다.

mo*.sit.da

帥氣。

說 明

「멋있다」有好看、帥氣的意思。形容他人長相、衣著很帥氣，或好看時，可以使用「멋있다」來稱讚對方。

會 話

Ⓐ 저 남자 멋있지 않아?

jo*/nam.ja/mo*.sit.jji/a.na

你不覺得那男生很帥氣嗎？

Ⓑ 그 사람이 내 형이야. 소개해 줄까?

geu/sa.ra.mi/ne*/hyo*ng.i.ya//so.ge*.he*/jul.ga

那個人是我哥。要我介紹給你嗎？

應用句子

▶ 완전 멋있어요. 이 옷 어디서 샀어요?

wan.jo*n/mo*.si.sso*.yo//i/ot/o*.di.so*/sa.sso*.yo

簡直太好看了。這衣服在哪裡買的？

▶ 당신의 새 집은 정말 멋있어요.

dang.si.nui/se*/ji.beun/jo*ng.mal/mo*.si.sso*.yo

你的新家真的很漂亮。

▶ 그 잘 생긴 남자가 누구야?

geu/jal/sse*ng.gin/nam.ja.ga/nu.gu.ya

那個長得很帥的男生是誰啊？

• track 130

맛있다.
ma.sit.da
好吃。

說 明

「맛있다」有好吃、可口的意思。形容某食物好吃時，可以使用這個單字。另外，「맛있게 드세요」表示請對方用餐愉快。

會 話

Ⓐ 당신이 만든 음식은 참 맛있어요.

dang.si.ni/man.deun/eum.si.geun/cham/ma.si.sso*.yo

你做的料理真美味。

Ⓑ 진짜? 다행이에요.

jin.jja//da.he*ng.i.e.yo

真的嗎？太好了。

應用句子

▶ 이 케이크가 맛있게 보여요.

i.ke.i.keu.ga/ma.sit.ge/bo.yo*.yo

這蛋糕看起來好好吃。

▶ 엄마, 이 맛있는 냄새가 뭐예요?

o*m.ma//i/ma.sin.neun/ne*m.se*.ga/mwo.ye.yo

媽媽，這香味是什麼啊？

▶ 이게 뭐야? 맛없어.

i.ge/mwo.ya//ma.do*p.sso*

這是什麼啊？難吃死了。

• track 130

아프다.

a.peu.da

痛。

說 明

覺得很痛的時候，可以說出這個字來表達自己的感覺。像是頭痛(머리가 아프다)、心痛(가슴이 아프다)、不舒服等，都是用這個字表達。

會 話

Ⓐ 아까 넘어졌어요. 다리가 너무 아파요.
a.ga/no*.mo*.jo*.sso*.yo//da.ri.ga/no*.mu/a.pa.yo
我剛才跌倒了，腳好痛。

Ⓑ 우리 돌아가요. 빨리 약을 발라야 돼요.
u.ri/do.ra.ga.yo//bal.li/ya.geul/bal.la.ya/dwe*.yo
我們回去吧！要趕快擦藥才行。

應用句子

▶ 몸이 아파서 출근 안 했어요.
mo.mi/a.pa.so*/chul.geun/an/he*.sso*.yo
因為身體不舒服，所以沒去上班。

▶ 왜 울고 있어요? 어디가 아파요?
we*/ul.go/i.sso*.yo//o*.di.ga/a.pa.yo
為什麼在哭呢？哪裡不舒服嗎？

▶ 골치 아픈 문제.
gol.chi/a.peun/mun.je
令人頭痛的問題。

힘들다.

him.deul.da

疲累。

說明

「힘들다」有疲累、費力的意思。形容自己很疲累，或做什麼事情很費勁時，可以使用這個單字。

會話

Ⓐ 왜 이렇게 멀어요? 힘들어요.

we*/i.ro*.ke/mo*.ro*.yo//him.deu.ro*.yo

為什麼這麼遠啊？好累喔！

Ⓑ 곧 도착할 거예요. 바로 앞에 있어요.

got/do.cha.kal/go*.ye.yo//ba.ro/a.pe/i.sso*.yo

馬上就到了，就在前面而已。

應用句子

▶ 돈을 벌기가 정말 힘들어요.

do.neul/bo*l.gi.ga/jo*ng.mal/him.deu.ro*.yo

賺錢真的很辛苦。

▶ 힘들지 않아요? 좀 쉬세요.

him.deul.jji/a.na.yo//jom/swi.se.yo

不會累嗎？稍微休息一下吧！

▶ 이 일은 힘들지만 가치가 있어요.

i/i.reun/him.deul.jji.man/ga.chi.ga/i.sso*.yo

這事情雖然很辛苦，但是很有價值。

바쁘다.

ba.beu.da

忙碌。

說 明

「바쁘다」有忙碌的意思。要表達自己或他人忙碌的情況，可以使用這個字來表達。

會 話

Ⓐ 일이 너무 많아서 정신이 없어요.

i.ri/no*.mu/ma.na.so*/jo*ng.si.ni/o*p.sso*.yo

事情太多了，忙得要死。

Ⓑ 정말 바쁘시네요. 그래도 좀 쉬세요.

jo*ng.mal/ba.beu.si.ne.yo//geu.re*.do/jom/swi.se.yo

您真的很忙呢！但還是休息一下吧！

應用句子

▶ 하루종일 바빴지만, 하나도 안 피로해요.

ha.ru.jong.il/ba.bat.jji.man//ha.na.do/an/pi.ro.he*.yo

雖然忙了一整天，但是一點也不累。

▶ 요즘은 시험 준비에 너무 바빠요.

yo.jeu.meun/si.ho*m/jun.bi.e/no*.mu/ba.ba.yo

最近為了準備考試，很忙碌。

▶ 그는 대단히 바쁜 사람이다.

geu.neun/de*.dan.hi/ba.beun/sa.ra.mi.da

他是個大忙人。

충분하다.

chung.bun.ha.da

充分。

說 明

「충분하다」有足夠、充分的意思。想要形容某物或某事已經足夠了，不需要在多了，就可以使用「충분하다」來表達。

會 話

A 이 정도면 돼죠?

i/jo*ng.do.myo*n/dwe*.jyo

這樣就夠了吧？

B 충분해요. 더 필요없어요.

chung.bun.he*.yo//do*/pi.ryo.o*p.sso*.yo

足夠了，不用再多了。

應用句子

▶돈은 더 많이 있어도 충분하지 않아요.

do.neun/do*/ma.ni/i.sso*.do/chung.bun.ha.ji/a.na.yo

錢有再多都不夠用。

▶저는 충분한 이유가 있어요.

jo*.neun/chung.bun.han/i.yu.ga/i.sso*.yo

我有充分的理由。

▶필요한 모든 비용은 충분하게 벌었어요.

pi.ryo.han/mo.deun/bi.yong.eun/chung.bun.ha.ge/bo*.ro*.sso*.yo

我已經充分賺足所需的所有費用了。

> # 비밀.
> **bi.mil**
> 秘密。

說 明

和別人聊天時，如果談到自己不願意讓別人知道的事情，就可以向對方說「비밀이에요」，表示這件事情是秘密，不可隨便說出去。

會話 1

Ⓐ 너 준수랑 무슨 사이야?

no*/jun.su.rang/mu.seun/sa.i.ya

你和俊秀是什麼關係？

Ⓑ 비밀이야.

bi.mi.ri.ya

這是秘密。

會話 2

Ⓐ 솔직히 말해 봐.

sol.jji.ki/mal.he*/bwa

你老實說出來吧！

Ⓑ 말할 수 없습니다. 그건 비밀입니다.

mal.hal/ssu/o*p.sseum.ni.da//geu.go*n/bi.mi.rim.ni.da

我不可以說，那是秘密。

축하하다.
chu.ka.ha.da
恭喜。

說 明

聽到對方的好消息，或是在特別的日子，想要向別人
表達祝賀之意的時候，可以使用這個字。

會 話

Ⓐ 우리 팀이 2대1로 이겼어요.
u.ri/ti.mi/i.de*.il.lo/i.gyo*.sso*.yo
我隊以二比一獲勝了。

Ⓑ 정말 대단해요. 축하 드려요.
jo*ng.mal/de*.dan.he*.yo//chu.ka/deu.ryo*.yo
真厲害，恭喜！

應用句子

▶ 생일 축하해요.
se*ng.il/chu.ka.he*.yo
生日快樂！

▶ 결혼 축하합니다.
gyo*l.hon/chu.ka.ham.ni.da
新婚快樂！

▶ 축하 선물.
chu.ka/so*n.mul
賀禮。

• track 133

최고.

chwe.go

最棒。／最好的。

說明

「최고」可以表示最好、最棒的意思。用來形容自己覺得非常棒的事物，除了有形的物品以外，也可以用來表現無形的經歷，事物。

會話

A 우리 아빠가 최고야!

u.ri/a.ba.ga/chwe.go.ya

我的爸爸最厲害！

B 고맙다. 우리 딸!

go.map.da//u.ri/dal

謝謝，我的女兒。

應用句子

▶ 최고 기록.

chwe.go/gi.rok

最高紀錄。

▶ 최고 온도.

chwe.go/on.do

最高溫度。

▶ 최고의 영광.

chwe.go.ui/yo*ng.gwang

無上光榮。

좋은 생각이다.
jo.eun se*ng.ga.gi.da
好主意。

說 明

「생각」有想法的意思。這句話的意思是稱讚對方的建議很不錯，想要稱讚對方的提案時，可以用這句話來表示。

會話 1

Ⓐ 크리스마스 때 우리 선물을 교환하자.

keu.ri.seu.ma.seu/de*/u.ri/so*n.mu.reul/gyo.hwan.ha.ja

聖誕節的時候，我們來交換禮物吧！

Ⓑ 좋은 생각이네.

jo.eun/se*ng.ga.gi.ne

真是個好主意。

會話 2

Ⓐ 다른 좋은 생각이 없습니까?

da.reun/jo.eun/se*ng.ga.gi/o*p.sseum.ni.ga

有沒有什麼別的好想法？

Ⓑ 글쎄요.

geul.sse.yo

這個嘛…。

시끄러워요.

si.geu.ro*.wo.yo

很吵。

說明

當自己覺得很吵，或深受噪音困擾的時候，可以用這句話來形容吵雜的環境。另外，受不了對方一直講某件事時，這句話也有「你很煩耶！」的意思。

會話

Ⓐ 시끄러워! 조용히 해!

si.geu.ro*.wo//jo.yong.hi/he*

吵死了！安靜一點！

Ⓑ 미안.

mi.an

抱歉。

應用句子

▶ 이 시끄러운 소리가 뭐야? 좀 조용히 못 해?

i/si.geu.ro*.un/so.ri.ga/mwo.ya//jom/jo.yong.hi/mot/he*

這吵雜的聲音是什麼阿？不能安靜一點嗎？

▶ 시끄러워! 그 이야기는 그만 해!

si.geu.ro*.wo//geu.i.ya.gi.neun/geu.man/he*

煩死了！不要在講那件事了。

상관없다.

sang.gwa.no*p.da

不相關。

說 明

「상관」和中文的「相關」意思相同。「없다」則是沒有的意思。所以,「상관없다」相當於中文的「沒關係」、「不相關」。

會 話

A 도대체 무슨 일이야? 빨리 말해.
do.de*.che/mu.seun/i.ri.ya//bal.li/mal.he*
到底是什麼事?快說!

B 너와 무슨 상관이 있니?
no*.wa/mu.seun/sang.gwa.ni/in.ni
和你有什麼關係阿?

應用句子

▶ 다른 사람의 일에 상관하지 마.
da.reun/sa.ra.mui/i.re/sang.gwan.ha.ji/ma
不要管別人的事情。

▶ 나랑 상관 없는 일이다.
na.rang/sang.gwan/o*m.neun/i.ri.da
這事與我無關。

바보.

ba.bo

笨蛋。

說明

「바보」是笨蛋的意思。可以當作是玩笑話，也可以當作是罵人的話，所以在對話中，要特別謹慎使用。

會話

A 이 바보야. 그것도 몰라!

i/ba.bo.ya//geu.go*t.do/mol.la

你這笨蛋！那個也不知道！

B 뭐야? 너도 모르잖아.

mwo.ya//no*.do/mo.reu.ja.na

什麼阿？你還不是不知道。

應用句子

▶너 이 바보야. 정말 성가셔.

no*/i/ba.bo.ya//jo*ng.mal/sso*ng.ga.syo*

你這笨蛋，真是煩人。

▶너를 믿는 내가 바보다.

no*.reul/min.neun/ne*.ga/ba.bo.da

相信你的我，真是笨蛋。

비켜!
bi.kyo*
讓開！

說 明

生氣的時候，對擋住自己去路的人，會用這句話來表示。如果只是想向人說「借過」，使用「비켜 주세요」會比較有禮貌喔！

會 話

A 비켜 주세요.
bi.kyo*/ju.se.yo
借過一下！

B 아. 죄송합니다.
a//jwe.song.ham.ni.da
啊，對不起。

應用句子

▶비켜! 꼴도 보기 싫어!
bi.kyo*//gol.do/bo.gi/si.ro*
滾開！不想看到你！

▶미성년자는 비켜 주십시오.
mi.so*ng.nyo*n.ja.neun/bi.kyo*/ju.sip.ssi.o
未成年者請離開。

• track 136

오해.

o.he*

誤會。

說 明

「오해」是誤會的意思。如果被別人曲解自己的意思時，要記得說「오해하지 마세요」請對方千萬不要誤會了。

會 話

Ⓐ 그 여자가 누구야? 애인?

geu/yo*.ja.ga/nu.gu.ya//e*.in

那女生是誰啊？愛人？

Ⓑ 오해하지 마. 내 여동생이야.

o.he*.ha.ji/ma//ne*/yo*.dong.se*ng.i.ya

別誤會！是我妹妹。

應用句子

▶ 오해가 생기지 않도록 잘 설명해야 돼!

o.he*.ga/se*ng.gi.ji/an.to.rok/jal/sso*l.myo*ng.he*.ya/dwe*

你要好好說明，以免產生誤會。

▶ 그들은 내 뜻을 오해했어요.

geu.deu.reun/ne*/deu.seul/o.he*.he*.sso*.yo

他們誤會我的意思了。

늦었어.

neu.jo*.sso*

遲了。／太晚了。

說 明

當兩人相約對方遲到時,可以用「늦었어요」來抱怨對方太慢了。有時候也可以用來表示時間不早了,或後悔也來不及了。

會話 1

🅐 미안해. 사과할께.
mi.an.he*//sa.gwa.hal.ge
抱歉,我向你道歉。

🅑 이미 늦었어.
i.mi/neu.jo*.sso*
已經來不及了。

會話 2

🅐 30분이나 늦었어.
sam.sip.bu.ni.na/neu.jo*.sso*
你晚到了 30 分鐘。

🅑 미안. 밥 사 줄께.
mi.an//bap/sa/jul.ge
抱歉,我請你吃飯。

應用句子

▶ 지금 후회해도 늦었어요.
ji.geum/hu.hwe.he*.do/neu.jo*.sso*.yo
現在後悔也來不及了。

믿다.

mit.da

相信。

說 明

這個單字是指相信的意思。如果要表示自己相不相信一件事情，就可以使用「믿어요」或「못 믿어요」來表示。

會 話

Ⓐ 나만 믿어. 나는 믿을 수 있는 사람이야.

na.man/mi.do*//na.neun/mi.deul/ssu/in.neun/sa.ra.mi.ya

相信我，我是可以相信的人。

Ⓑ 너를 어떻게 믿어. 거짓말쟁이.

no*.reul/o*.do*.ke/mi.do*//go*.jin.mal.jje*ng.i

怎麼相信你，你這說謊鬼。

應用句子

▶ 믿어 줄께요.

mi.do*/jul.ge.yo

我相信。

▶ 믿을 수 없습니다.

mi.deul/ssu/o*p.sseum.ni.da

無法相信。

깜짝 놀랐어요.

gam.jjak nol.la.sso*.yo

嚇一跳。

說 明

這一句是「嚇一跳」的意思。被人、事、物嚇了一跳時，可以使用「깜짝 놀랐어요」來表示自己內心的驚嚇。另外，也可以使用「깜짝이야」。

會 話

Ⓐ 아유, 깜짝이야! 너였어?

　 a.yu//gam.jja.gi.ya//no*.yo*.sso*

　 哎呀，嚇我一跳！是你啊？

Ⓑ 그럼 귀신이냐?

　 geu.ro*m/gwi.si.ni.nya

　 難道會是鬼嗎？

應用句子

▶ 깜짝 놀랐어요.

　 gam.jjak/nol.la.sso*.yo

　 嚇我一跳。

▶ 놀라지 마세요!

　 nol.la.ji/ma.se.yo

　 別被嚇到喔！

• track 138

자신.

ja.sin

自信。

說 明

「자신」是表示對一件事情有沒有把握，後面加「있다」或「없다」來表示信心的有無。

會 話

Ⓐ 정말 운전할 수 있겠어요?

jo*ng.mal/un.jo*n.hal/ssu/it.ge.sso*.yo

你真的會開車嗎？

Ⓑ 나도 자신이 없어요.

na.do/ja.si.ni/o*p.sso*.yo

我也沒什麼信心。

應用句子

▶ 자신만만하다.

ja.sin.man.man.ha.da

自信滿滿。

▶ 전 이제 자신 있게 말할 수 있습니다.

jo*n/i.je/ja.sin/it.ge/mal.hal/ssu/it.sseum.ni.da

現在我可以有自信地說了。

아침.

a.chim

早上。／早餐。

說明

「아침」可以當作「早上」或「早餐」的意思。「저녁」是晚上的意思，也可以當作晚餐的意思來使用。「점심」則是午餐的意思。

會話

Ⓐ 아침은 무엇을 먹었어요?

a.chi.meun/mu.o*.seul/mo*.go*.sso*.yo

你早餐吃了什麼？

Ⓑ 샌드위치를 먹었어요. 그리고 커피 한 잔 마셨어요.

se*n.deu.wi.chi.reul/mo*.go*.sso*.yo//geu.ri.go/ko*.pi/han.jan/ma.syo*.sso*.yo

吃了三明治，還喝了一杯咖啡。

應用句子

▶ 같이 저녁 먹자.

ga.chi/jo*.nyo*k/mo*k.jja

一起吃晚餐吧！

▶ 아침 식사.

a.chim/sik.ssa

早餐。

용서해 주세요.

yong.so*.he*/ju.se.yo

請原諒我。

說 明

「용서」是「原諒」的意思，加上「주세요」就是請原諒我的意思。如果不小心冒犯對方，就立即用這句話道歉，請求對方原諒。

會 話

A 용서해 주세요. 제가 잘못했습니다.

yong.so*.he*/ju.se.yo//je.ga/jal.mo.te*t.sseum.ni.da

請原諒我！我錯了。

B 이번이 마지막이다.

i.bo*.ni/ma.ji.ma.gi.da

這是最後一次原諒你。

應用句子

▶ 절대 용서하지 못해요.

jo*l.de*/yong.so*.ha.ji/mo.te*.yo

絕不原諒。

▶ 용서를 빌어요.

yong.so*.reul/bi.ro*.yo

請求原諒。

다시 한번.

da.si/han.bo*n

再一次。

說 明

想要請對方再說一次，或在做一次的時候，可以使用
「다시 한번」。另外，自己想要再說或再做一次的
時候，也可以使用。

會 話

A 죄송하지만 다시 한번 설명해 주세요.
jwe.song.ha.ji.man/da.si/han.bo*n/so*l.myo*ng.he*
/ju.se.yo

對不起，可以請你再說明一次嗎？

B 네.
ne
好的。

應用句子

▶ 다시 한번 말씀해 주세요.
da.si/han.bo*n/mal.sseum.he*/ju.se.yo
請你再說一次。

▶ 다시 한번 그 사람을 만나고 싶어요.
da.si/han.bo*n/geu/sa.ra.meul/man.na.go/si.po*.yo
我想再見一次那個人。

Chapter 8

情境會話篇

자기 소개.

ja.gi.so.ge*

自我介紹。

會話

Ⓐ 안녕하세요? 저는 한지우라고 합니다.

an.nyo*ng.ha.se.yo//jo*.neun/han.ji.u.ra.go/ham.ni.da

您好嗎?我名叫韓智友。

우리 가족은 아버지, 어머니, 오빠, 나, 모두 네 명이에요.

u.ri/ga.jo.geun/a.bo*.ji//o*.mo*.ni//o.ba//na//mo.du/ne/myo*ng.i.e.yo

我們家有爸爸、媽媽、哥哥、我,總共 4 個人。

아버니께서는 회사에 다니시고, 어머니께서는 공장에서 일하세요.

a.bo*.ni.ge.so*.neun/hwe.sa.e/da.ni.si.go//o*.mo*.ni.ge.so*.neun/gong.jang.e.so*/il.ha.se.yo

爸爸在公司上班,媽媽在工廠上班。

오빠는 대학원에 다니고 저는 대학교에 다녀요.

o.ba.neun/de*.ha.gwo.ne/da.ni.go/jo*.neun/de*.hak.gyo.e/da.nyo*.yo

哥哥在讀研究所,我在讀大學。

영화.

yo*ng.hwa

電影。

會話

Ⓐ 표를 한 장 주세요. 영화는 언제 시작
   합니까?

pyo.reul/han/jang/ju.se.yo//yo*ng.hwa.neun/o*n.je/
si.ja.kam.ni.ga

請給我一張票。電影什麼時候開始呢?

Ⓑ 일곱시 삼십분이에요.

il.gop.ssi/sam.sip.bu.ni.e.yo

七點三十分。

Ⓐ 그럼 이 영화는 몇 시간이나 걸립니까?

geu.ro*m/i/yo*ng.hwa.neun/myo*t/si.ga.ni.na/go*l.
lim.ni.ga

那這部電影有多久的時間呢?

Ⓑ 한 시간 반 정도 걸릴 겁니다.

han/si.gan/ban/jo*ng.do/go*l.lil/go*m.ni.da

大概有一個小時半。

Ⓐ 그럼 팝콘 하나하고 콜라 하나 주세요.

geu.ro*m/pap.kon/ha.na.ha.go/kol.la/ha.na/ju.se.yo

那給我一個爆米花和一杯可樂。

Ⓑ 네. 팔천원입니다.

ne//pal.cho*.nwo.nim.ni.da

好的,共八千元。

공항세관.

gong.hang.se.gwan

機場海關。

會 話

Ⓐ 신고할 물건이 없습니까?

sin.go.hal/mul.go*.ni/o*p.sseum.ni.ga

沒有要申報的東西嗎?

Ⓑ 네. 없습니다.

ne//o*p.sseum.ni.da

是的,沒有。

Ⓐ 가방을 열어 주세요. 이것은 무엇입니까?

ga.bang.eul/yo*.ro*/ju.se.yo//i.go*.seun/mu.o*.sim.
ni.ga

請打開行李。這是什麼呢?

Ⓑ 이것은 인삼입니다.

i.go*.seun/in.sa.mim.ni.da

這是人參。

Ⓐ 됐습니다. 안녕히 가십시오.

dwe*t.sseum.ni.da//an.nyo*ng.hi/ga.sip.ssi.o

可以了,請慢走。

Ⓑ 감사합니다.

gam.sa.ham.ni.da

謝謝。

• track 142

길 문의.

gil/mu.nui

問路。

會 話

Ⓐ 실례하지만, 우체국이 어디에 있어요?

sil.lye.ha.ji.man/u.che.gu.gi/o*.di.e/i.sso*.yo

打擾一下,請問郵局在哪裡?

Ⓑ 이길을 따라서 5 분쯤 걸어 가시면 큰 빌딩이 보일 거예요. 우체국이 바로 옆에 있어요.

i.gi.reul/da.ra.so*/o.bun.jjeum/go*.ro*/ga.si.myo*n/ keun/bil.ding.i/bo.il/go*.ye.yo//u.che.gu.gi/ba.ro/ yo*.pe/i.sso*.yo

沿著這條路一直走 5 分鐘,會看到一座大樓。郵局剛好在旁邊。

Ⓐ 큰 빌딩 옆에 있다고요?

keun/bil.ding/yo*.pe/it.da.go.yo

你説在大樓旁邊嗎?

Ⓑ 네.

ne

是的。

Ⓐ 감사합니다.

gam.sa.ham.ni.da

謝謝您。

호텔.
ho.tel
飯店。

會話

A 어서 오십시오. 예약하셨습니까?
o*.so*/o.sip.ssi.o//ye.ya.ka.syo*t.sseum.ni.ga
歡迎光臨！請問有預約嗎？

B 네. 일주일 전에 예약했어요.
ne//il.ju.il/jo*.ne/ye.ya.ke*.sso*.yo
有，一星期前預約過了。

A 성함이 어떻게 되시죠?
so*ng.ha.mi/o*.do*.ke/dwe.si.jyo
請問您尊姓大名？

B 신은경입니다.
si.neun.gyo*ng.im.ni.da
申恩慶。

A 네. 120 호실입니다. 열쇠는 여기 있습니다.
ne//be*.gi.si.po.si.rim.ni.da//yo*l.swe.neun/yo*.gi/it.sseum.ni.da
好的，120 號房，鑰匙在這裡。

B 고맙습니다.
go.map.sseum.ni.da
謝謝。

식당.
sik.dang
餐館。

(會話)

A 어서 오십시오. 몇 분이지요?

o*.so*/o.sip.ssi.o//myo*t/bu.ni.ji.yo

歡迎光臨！請問幾位？

B 두 명이에요.

du/myo*ng.i.e.yo

兩位。

A 이쪽으로 앉으십시오. 메뉴 여기 있습니다.

i.jjo.geu.ro/an.jeu.sip.ssi.o//me.nyu/yo*.gi/it.sseum.ni.da

請座這裡。這是菜單。

B 불고기 비빔밥으로 이인분 주세요.

bul.go.gi/bi.bim.ba.beu.ro/i.in.bun/ju.se.yo

請給我兩人份的燒肉拌飯。

A 알겠습니다. 다른 건 필요없으세요?

al.get.sseum.ni.da//da.reun/go*n/pi.ryo.o*p.sseu.se.yo

好的，不需要其他餐點嗎？

B 네. 없어요.

ne//o*p.sso*.yo

是的，不用。

• track 144

휴가.
hyu.ga
假期。

會話

Ⓐ 이번 휴가 때 뭘 하려고 해요?
i.bo*n/hyu.ga/de*/mwol/ha.ryo*.go/he*.yo
這次的休假你想做什麼呢?

Ⓑ 글쎄요. 아직 결정하지 못 했어요.
geul.sse.yo///a.jik/gyo*l.jo*ng.ha.ji/mot/he*.sso*.yo
這個嘛!還沒決定呢!

Ⓐ 그래요? 저는 바다나 시골여행을 하려고 합니다.
geu.re*.yo//jo*.neun/ba.da.na/si.go.ryo*.he*ng.eul/ha.ryo*.go/ham.ni.da
是嗎?我想要去海邊或鄉下旅行。

Ⓑ 와. 재미있겠네요. 가족과 같이 가려고 합니까?
wa//je*.mi.it.gen.ne.yo//ga.jok.gwa/ga.chi/ga.ryo*.go/ham.ni.ga
哇!一定很有趣。和家人一起去嗎?

Ⓐ 아니요. 친구와 같이 가려고 합니다.
a.ni.yo//chin.gu.wa/ga.chi/ga.ryo*.go/ham.ni.da
不是。和朋友一起去。

• track 144

환전.

hwan.jo*n

換錢。

會 話

A 돈 좀 바꿔 주세요.

don/jom/ba.gwo/ju.se.yo

請幫我換錢。

B 얼마를 바꿔 드릴까요?

o*l.ma.reul/ba.gwo/deu.ril.ga.yo

要幫您換多少錢呢?

A 오늘 일 달러에 얼마예요?

o.neul/il/dal.lo*.e/o*l.ma.ye.yo

今天一美元兌換多少韓元呢?

B 일 달러에 1400원입니다.

il/dal.lo*.e/cho*n.sa.be*.gwo.nim.ni.da

一美元可以兌換 1400 韓元。

여기는 140만 원입니다. 확인해 보세요.

o*.gi.neun/cho*n.sa.be*ng.man/wo.nim.ni.da//hwa.gin.he*/bo.se.yo

這裡是一百四十萬韓元,請確認。

A 맞아요. 감사합니다.

yma.ja.yo//gam.sa.ham.ni.da

沒錯,謝謝您。

옷가게.

ot.ga.ge

服飾店。

會 話

Ⓐ 이 치마는 얼마예요?

i/chi.ma.neun/o*l.ma.ye.yo

這件裙子多少錢呢？

Ⓑ 이만원이에요.

i.ma.nwo.ni.e.yo

兩萬元。

Ⓐ 다른 색깔은 없습니까?

da.reun/se*k.ga.reun/o*p.sseum.ni.ga

沒有其他顏色嗎？

Ⓑ 분홍색과 파란색이 있어요.

bun.hong.se*k.gwa/pa.ran.se*.gi/i.sso*.yo

有粉紅色和藍色。

Ⓐ 분홍색으로 주세요.

bun.hong.se*.geu.ro/ju.se.yo

請給我粉紅色的。

Ⓑ 네. 여기 있습니다.

ne//yo*.gi/it.sseum.ni.da

好的，在這裡。

• track 145

미용실.
mi.yong.sil
美容院。

會 話

Ⓐ 어떤 헤어스타일을 원하십니까?
o*.do*n/he.o*.seu.ta.i.reul/won.ha.sim.ni.ga
您想要用怎麼樣的髮型呢?

Ⓑ 머리를 좀 짧게 잘라주세요. 그리고 염색을 하고 싶어요.
mo*.ri.reul/jjom/jjap.ge/jal.la.ju.se.yo//geu.ri.go/yo*m.se*.geul/ha.go/si.po*.yo
請幫我把頭髮剪短一點,然後我想要染髮。

Ⓐ 어떤 색상으로 하고 싶으세요?
o*.do*n/se*k.ssang.eu.ro/ha.go/si.peu.se.yo
想染什麼顏色呢?

Ⓑ 빨간 장미색으로 해 주세요. 그리고 예쁘게 해주세요.
bal.gan/jang.mi.se*.geu.ro/he*/ju.se.yo//geu.ri.go/ye.beu.ge/he*.ju.se.yo
請幫我染玫瑰紅,然後要弄漂亮一點喔!

Ⓐ 네, 알겠 습니다.
ne//al.get.sseum.ni.da
好的,我知道了。

신발가게.

sin.bal.ga.ge

鞋店。

會話

🅐 이 신발을 신어봐도 돼요?

i/sin.ba.reul/ssi.no*.bwa.do/dwe*.yo

可以試穿這雙鞋嗎？

🅑 사이즈가 어떻게 되세요?

sa.i.jeu.ga/o*.do*.ke/dwe.se.yo

請問您穿幾號呢？

🅐 저는 35호를 신어요. 이건 너무 작아요.

jo*.neun/sam.si.bo.ho.reul/ssi.no*.yo//i.go*n/no*.mu/ja.ga.yo

我穿 35 號。這太小了。

🅑 그럼 사이즈가 큰 걸로 갖다 드릴게요.

geu.ro*m/sa.i.jeu.ga/keun/go*l.lo/gat.da/deu.ril.ge.yo

那我再拿大一點的尺寸給您。

🅐 이게 괜찮아요. 이 신발로 한 켤레 주세요.

i.ge/gwe*n.cha.na.yo//i/sin.bal.lo/han/kyo*l.le/ju.se.yo

這個可以耶！請給我這一雙鞋。

🅑 네.

ne

好的。

• track 146

병원.
byo*ng.won
醫院。

會 話

Ⓐ 안녕하세요, 어디가 아프세요?
an.nyo*ng.ha.se.yo//o*.di.ga/a.peu.se.yo
您好,哪裡不舒服呢?

Ⓑ 감기에 걸렸어요.
gam.gi.e/go*l.lyo*.sso*.yo
我感冒了。

Ⓐ 열은 있나요?
yo*.reun/in.na.yo
有發燒嗎?

Ⓑ 네. 그리고 목구멍이 아파요.
ne//geu.ri.go/mok.gu.mo*ng.i/a.pa.yo
有,而且喉嚨痛。

Ⓐ 그럼 약을 지어드릴 테니, 그걸 드시면 좀 나아지실 거예요.
geu.ro*m/ya.geul/jji.o*.deu.ril/te.ni//geu.go*l/deu.si.myo*n/jom/na.a.ji.sil/go*.ye.yo
那我會開一些藥給您,吃完病會慢慢好轉的。

Ⓑ 네. 고맙습니다, 의사 선생님.
ne//go.map.sseum.ni.da//ui.sa/so*n.se*ng.nim
好的,謝謝您,醫生。

학교.

hak.gyo

學校。

會 話

A 어느 대학에 다니십니까?

o*.neu/de*.ha.ge/da.ni.sim.ni.ga

您在哪所大學就讀呢？

B 고려대학교에 다니고 있습니다.

go.ryo*.de*.hak.gyo.e/da.ni.go/it.sseum.ni.da

我就讀高麗大學。

A 전공은 무엇입니까?

jo*n.gong.eun/mu.o*.sim.ni.ga

專修什麼科系呢？

B 경영학을 전공하고 있습니다.

gyo*ng.yo*ng.ha.geul/jjo*n.gong.ha.go/it.sseum.ni.da

我專修經營學系。

A 지금 몇 학년입니까?

ji.geum/myo*t/hang.nyo*.nim.ni.ga

現在是幾年級呢？

B 지금은 3학년입니다.

ji.geu.meun/sam.hang.nyo*.nim.ni.da

現在是3年級。

약속.

yak.ssok

約會。

會 話

Ⓐ 정현씨, 이따가 다른 약속이 있나요?

jo*ng.hyo*n.ssi/i.da.ga/da.reun/yak.sso.gi/in.na.yo

貞賢，你待會有其他約會嗎？

Ⓑ 네. 4시에 남자친구와 약속이 있어요.

ne//ne.si.e/nam.ja.chin.gu.wa/yak.sso.gi/i.sso*.yo

有啊，四點和男朋友有約。

Ⓐ 그럼 서둘러야겠어요. 지금 이미 3 시 40 분이에요.

geu.ro*m/so*.dul.lo*.ya.ge.sso*.yo//ji.geum/i.mi/ se.si/sa.sip.bu.ni.e.yo

那你要快一點了，現在已經 3 點 40 分了。

Ⓑ 벌써요? 그럼 먼저 갈게요. 다음에 또 봐요.

bo*l.sso*.yo//geu.ro*m/mo*n.jo*/gal.ge.yo//da.eu. me/do/bwa.yo

這麼快？那我先走囉！下次見！

계절.
gye.jo*l
季節。

會話

Ⓐ 어떤 계절을 좋아합니까?
o*.do*n/gye.jo*.reul/jjo.a.ham.ni.ga
你喜歡什麼季節呢？

Ⓑ 저는 가을을 좋아합니다.
jo*.neun/ga.eu.reul/jjo.a.ham.ni.da
我喜歡秋天。

Ⓐ 왜요?
we*.yo
為什麼呢？

Ⓑ 가을에는 항상 바람이 불어요. 아주 시
원해요.
ga.eu.re.neun/hang.sang/ba.ra.mi/bu.ro*.yo//a.ju/si.
won.he*.yo
秋天經常颳風，很涼爽。

Ⓐ 저는 가을보다 겨울이 좋아요. 왜냐하
면 눈사람을 만들 수 있기 때문이에요.
jo*.neun/ga.eul.bo.da/gyo*.u.ri/jo.a.yo//we*.nya.ha.
myo*n/nun.sa.ra.meul/man.deul/ssu.it.gi/de*.mu.ni.
e.yo
比起秋天，我比較喜歡冬天。因為可以堆雪人。

날씨.

nal.ssi

天氣。

會 話

Ⓐ 밖에 날씨가 어때요?

ba.ge/nal.ssi.ga/o*.de*.yo

外面天氣怎麼樣？

Ⓑ 밖에 비가 많이 와요.

ba.ge/bi.ga/ma.ni/wa.yo

外面雨下很大。

Ⓐ 그럼 이따가 나갈 때 우산을 꼭 가져 가야 돼요.

geu.ro*m/i.da.ga/na.gal/de*/u.sa.neul/gok/ga.jo*. ga.ya/dwe*.yo

那麼你待會出門時，一定要帶雨傘喔！

Ⓑ 준비했어요.

jun.bi.he*.sso*.yo

已經準備好了。

Ⓐ 이런 날씨가 정말 싫어요. 나가기가 불편해요.

i.ro*n/nal.ssi.ga/jo*ng.mal/ssi.ro*.yo//na.ga.gi.ga/ bul.pyo*n.he*.yo

我真討厭這種天氣，出門不方便。

Ⓑ 맞아요. 저도 맑은 날씨가 좋아요.

ma.ja.yo//jo*.do/mal.geun/nal.ssi.ga/jo.a.yo

沒錯，我也喜歡晴朗的天氣。

명절.

myo*ng.jo*l

節日。

會話

Ⓐ 한국에는 어떤 명절이 있나요?

han.gu.ge.neun/o*.do*n/myo*ng.jo*.ri/in.na.yo

韓國有什麼節日嗎？

Ⓑ 설과 추석이에요.

so*l.gwa/chu.so*.gi.e.yo

有春節和中秋節。

Ⓐ 무슨 특별한 음식이 있나요?

mu.seun/teuk.byo*l.han/eum.si.gi/in.na.yo

有什麼特別的食物嗎？

Ⓑ 설날에는 떡국을 먹고, 추석에는 송편
을 먹어요.

so*l.la.re.neun/do*k.gu.geul/mo*k.go//chu.so*.ge.
neun/song.pyo*.neul/mo*.go*.yo

春節吃年糕湯，中秋節吃松餅。

Ⓐ 그렇군요. 한번 먹고 싶네요.

geu.ro*.ku.nyo//han.bo*n/mo*k.go/sim.ne.yo

原來如此！我也好想吃看看喔！

Ⓑ 그럼 다음에 제가 만들어 줄게요.

geu.ro*m/da.eu.me/je.ga/man.deu.ro*/jul.ge.yo

那下次我做給你吃吧！

• track 149

결혼.
gyo*l.hon
結婚。

(會 話)

Ⓐ 두 사람이 너무 잘 어울려요. 결혼을
축하합니다.

du/sa.ra.mi/no*.mu/jal/o*.ul.lyo*.yo//gyo*l.ho.neul/

chu.ka.ham.ni.da

你們很般配呢！恭喜你結婚！

Ⓑ 감사합니다.

gam.sa.ham.ni.da

謝謝。

Ⓐ 신혼여행은 어디로 가실 겁니까?

sin.ho.nyo*.he*ng.eun/o*.di.ro/ga.sil/go*m.ni.ga

新婚旅行要去哪裡呢？

Ⓑ 제주도에 갈 예정입니다.

je.ju.do.e/gal/ye.jo*ng.im.ni.da

預定要去濟州島。

Ⓐ 와. 부럽네요. 꼭 행복하세요.

wa//bu.ro*m.ne.yo//gok/he*ng.bo.ka.se.yo

哇！真羨慕，一定要幸福喔！

시험.
si.ho*m
考試。

會 話

Ⓐ 내일은 한국어능력시험을 볼 거예요.
공부 많이 했어요?
ne*.i.reun/han.gu.go*.neung.nyo*k.ssi.ho*.meul/
bol/go*.ye.yo//gong.bu.ma.ni/he*.sso*.yo
明天就要考韓國語能力試驗，有好好讀書嗎？

Ⓑ 네. 보통 하루에 두 시간쯤 공부해요.
ne//bo.tong/ha.ru.e/du/si.gan.jjeum/gong.bu.he*.yo
有，通常一天讀兩個小時。

Ⓐ 자신 있어요?
ja.sin/i.sso*.yo
有信心嗎？

Ⓑ 글쎄요. 한국어가 쉽지 않잖아요.
geul.sse.yo//han.gu.go*.ga/swip.jji/an.cha.na.yo
這個嘛！韓國語不容易嘛！

Ⓐ 걱정하지 마세요. 잘 될거예요.
go*k.jjo*ng.ha.ji/ma.se.yo//jal/dwel.go*.ye.yo
別擔心，會考得不錯的。

• track 150

운동.
un.dong
運動。

會話

Ⓐ 어떤 운동을 좋아하세요?

o*.do*n/un.dong.eul/jjo.a.ha.se.yo

您喜歡什麼運動呢?

Ⓑ 저는 농구를 좋아합니다. 준호씨도 운동을 하세요?

jo*.neun/nong.gu.reul/jjo.a.ham.ni.da//jun.ho.ssi.do/un.dong.eul/ha.se.yo

我喜歡打籃球,俊浩您也喜歡運動嗎?

Ⓐ 네, 그런데 농구는 잘 하지 못해요. 저는 수영을 좋아합니다.

ne//geu.ro*n.de/nong.gu.neun/jal/ha.ji/mo.te*.yo//jo*.neun/su.yo*ng.eul/jjo.a.ham.ni.da

是的,但是,我不太會打籃球。我喜歡游泳。

Ⓑ 저도 수영을 좋아해요. 다음에 같이 수영하러 갈까요?

jo*.do/su.yo*ng.eul/jjo.a.he*.yo//da.eu.me/ga.chi/su.yo*ng.ha.ro*/gal.ga.yo

我也喜歡游泳,下次一起去游泳,好嗎?

Ⓐ 당연히 좋죠.

dang.yo*n.hi/jo.chyo

當然好啊!

취미.

chwi.mi

興趣。

會 話

A 취미가 뭐예요?

chwi.mi.ga/mwo.ye.yo

你的興趣是什麼?

B 음악을 듣고 영화를 보는 거예요.

eu.ma.geul/deut.go/yo*ng.hwa.reul/bo.neun/go*.ye.

yo

聽音樂還有看電影。

A 제 취미도 영화 감상이에요.

je/chwi.mi.do/yo*ng.hwa/gam.sang.i.e.yo

我的興趣也是看電影。

B 그래요? 어떤 영화를 좋아하세요?

geu.re*.yo//o*.do*n/yo*ng.hwa.reul/jjo.a.ha.se.yo

這樣啊?你喜歡哪種電影呢?

A 저는 코믹극을 좋아해요. 준호씨는요?

jo*.neun/ko.mik.geu.geul/jjo.a.he*.yo//jun.ho.ssi.

neu.nyo

我喜歡喜劇片,俊浩你呢?

B 저는 액션영화를 좋아해요.

jo*.neun/e*k.ssyo*.nyo*ng.hwa/reul/jjo.a.he*.yo

我喜歡動作片。

• track 151

외국어.

we.gu.go*

外國語。

會 話

Ⓐ 일본어를 참 잘하시네요.
il.bo.no*.reul/cham/jal.ha.ssi.ne.yo
你日文講得真好耶！

Ⓑ 과찬이십니다.
gwa.cha.ni.sim.ni.da
您過獎了。

Ⓐ 일본어를 얼마동안 배우셨어요?
il.bo.no*.reul/o*l.ma.dong.an/be*.u.syo*.sso*.yo
日本語學了多久了呢？

Ⓑ 삼년동안 배웠습니다.
sam.nyo*n.dong.an/be*.wot.sseum.ni.da
學了三年。

Ⓐ 발음도 아주 좋아요.
ba.reum.do/a.ju/jo.a.yo
發音也很好呢！

Ⓑ 발음은 일본친구가 가르쳐 주었어요.
ba.reu.meun/il.bon.chin.gu.ga/ga.reu.cho*/ju.o*.
sso*.yo
發音是日本朋友教我的。

• track 152

택시.
te*k.ssi
計程車。

會話

Ⓐ 어서 오세요, 어디까지 가세요?
o*.so*/o.se.yo//o*.di.ga.ji/ga.se.yo
快請進！想要去哪裡呢？

Ⓑ 신촌으로 가려고 하는데요.
sin.cho.neu.ro/ga.ryo*.go/ha.neun.de.yo
我想要去新村。

Ⓐ 알겠습니다.
al.get.sseum.ni.da
我知道了。

Ⓑ 근데 신촌까지 가려면 얼마나 걸려요?
geun.de/sin.chon.ga.ji/ga.ryo*.myo*n/o*l.ma.na/
go*l.lyo*.yo
如果要去新村，要花多久的時間呢？

Ⓐ 약 오십분 걸립니다. 손님, 도착했습니
다.
yak/o.sip.bun/go*l.lim.ni.da//son.nim//do.cha.ke*t.
sseum.ni.da
大約是 50 分鐘。客人，已經到了。

Ⓑ 돈은 여기 있습니다. 감사합니다.
do.neun/yo*.gi/it.sseum.ni.da//gam.sa.ham.ni.da
錢在這裡，謝謝您！

• track 152

지하철.
ji.ha.cho*l
地鐵。

會 話

Ⓐ 실례합니다. 명동에 가려면 몇 호선을
타야 합니까?

sil.lye.ham.ni.da//myo*ng.dong.e/ga.ryo*.myo*n/
myo*t/ho.so*.neul/ta.ya/ham.ni.ga

不好意思，如果要去明洞，要搭幾號線呢？

Ⓑ 4호선을 타세요.

sa.ho.so*.neul/ta.se.yo

請搭 4 號線。

Ⓐ 어느 역에서 내려야 해요?

o*.neu/yo*.ge.so*/ne*.ryo*.ya/he*.yo

在哪一站下車呢？

Ⓑ 명동역에서 내리시면 돼요.

myo*ng.dong.yo*.ge.so*/ne*.ri.si.myo*n/dwe*.yo

在明洞站下車就可以了。

Ⓐ 감사합니다.

gam.sa.ham.ni.da

謝謝您。

Ⓑ 천만에요.

cho*n.ma.ne.yo

不客氣。

• track 153

여행.

yo*.he*ng

旅行。

會 話

A 한국은 어디가 재미있어요?

han.gu.geun/o*.di.ga/je*.mi.i.sso*.yo

韓國哪裡好玩呢?

B 명동, 동대문과 경복궁 등의 곳이 아주 유명해요.

myo*ng.dong//dong.de*.mun.gwa/gyo*ng.bok. gung/deung.ui/go.si/a.ju/yu.myo*ng.he*.yo

明洞、東大門、景福宮等地方都很有名。

A 다 서울에 있어요?

da/so*.u.re/i.sso*.yo

都在首爾嗎?

B 네. 그리고 제주도도 인기가 많아요.

ne//geu.ri.go/je.ju.do.do/in.gi.ga/ma.na.yo

是的,還有濟州島人氣也很旺。

A 제주도는 어떻게 가요?

je.ju.do.neun/o*.do*.ke/ga.yo

怎麼去濟州島呢?

B 서울에서 비행기로 한 시간정도 걸려요.

so*.u.re.so*/bi.he*ng.gi.ro/han/si.gan.jo*ng.do/go*.l.lyo*.yo

從首爾搭飛機,大概一個小時就到了。

• track 153

쇼핑.
syo.ping
購物。

會話

Ⓐ 이 가방이 마음에 들어요. 너무 예뻐요.
i/ga.bang.i/ma.eu.me/deu.ro*.yo//no*.mu/ye.bo*.yo
我喜歡這個包包，好漂亮喔！

Ⓑ 이건 새로 나온 상품입니다.
i.go*n/se*.ro/na.on/sang.pu.mim.ni.da
這是新品。

Ⓐ 그럼 이걸로 주세요.
geu.ro*m/i.go*l.lo/ju.se.yo
那我要買這個。

Ⓑ 현금으로 지불하시겠어요? 아니면 카드로 지불하시겠어요?
hyo*n.geu.meu.ro/ji.bul.ha.si.ge.sso*.yo//a.ni.myo*n.ka.deu.ro/ji.bul.ha.si.ge.sso*.yo
您要付現還是刷卡呢？

Ⓐ 카드로요.
ka.deu.ro.yo
刷卡。

전화.

jo*n.hwa

電話。

會 話

A 안녕하세요. 삼성전자입니다.

an.nyo*ng.ha.se.yo//sam.so*ng.jo*n.ja.im.ni.da

您好,這裡是三星電子。

B 안녕하세요. 김대리님 부탁드립니다.

an.nyo*ng.ha.se.yo//gim.de*.ri.nim/bu.tak.deu.rim.
ni.da

您好,我想找金代理。

A 실례하지만 누구십니까?

sil.lye.ha.ji.man/nu.gu.sim.ni.ga

不好意思,請問您是哪位?

B 저는 대만회사의 이정재입니다.

jo*.neun/de*.man.hwe.sa.ui/i.jo*ng.je*.im.ni.da

我是台灣公司的李政宰。

A 네. 잠시만요, 전화 바꿔 드리겠습니다.

ne//jam.si.ma.nyo//jo*n.hwa/ba.gwo.deu.ri.get.
sseum.ni.da

好的,請稍等,馬上幫您轉接。

B 감사합니다.

gam.sa.ham.ni.da

謝謝。

C hapter 9

活用單字篇

日常生活關鍵單字

어제	o*.je	昨天
오늘	o.neul	今天
내일	ne*.il	明天
그제	geu.je	前天
모레	mo.re	後天
오전	o.jo*n	上午
오후	o.hu	下午
여름방학	yo*.reum.bang.hak	暑假
겨울방학	gyo*.ul.bang.hak	寒假
휴가	hyu.ga	休假
하루종일	ha.ru.jong.il	一整天
매일	me*.il	每天
가족	ga.jok	家族
할아버지	ha.ra.bo*.ji	爺爺
할머니	hal.mo*.ni	奶奶
아버지	a.bo*.ji	爸爸
어머니	o*.mo*.ni	媽媽
오빠(형)	o.ba (hyo*ng)	哥哥
누나(언니)	nu.na (o*n.ni)	姐姐
동생	dong.se*ng	弟 / 妹
시계	si.gye	鐘 / 錶
책	che*k	書
책상	che*k.ssang	書桌

• track 155~156

학교	hak.gyo	學校
회사	hwe.sa	公司
집	jip	家
선생님	so*n.se*ng.nim	老師
학생	hak.sse*ng	學生
친구	chin.gu	朋友
이름	i.reum	名字
동료	dong.nyo	同事
직원	ji.gwon	職員
남편	nam.pyo*n	丈夫
아내	a.ne*	妻子
아들	a.deul	兒子
딸	dal	女兒
케이크	ke.i.keu	蛋糕
숟가락	sut.ga.rak	湯匙
젓가락	jo*t.ga.rak	筷子
포크	po.keu	叉子

美妝用品關鍵單字

파우더	pa.u.do*	蜜粉
화장솜	hwa.jang.som	化妝棉
엣센스	et.ssen.seu	精華液
보톡스	bo.tok.sseu	玻尿酸
보습제	bo.seup.jje	保濕液
마스크 팩	ma.seu.keu/ pe*k	面膜

• track 156~157

마스카라	ma.seu.ka.ra	睫毛膏
볼터치	bol.to*.chi	腮紅
스킨	seu.kin	化妝水
클린징 오일	keul.lin.jing/o.il	卸妝油
로션	ro.syo*n	乳液
아이쉐도우	a.i.swe.do.u	眼影
매니큐어	me*.ni.kyu.o*	指甲油
부러쉬	bu.ro*.swi	刷具
인조눈썹	in.jo.nun.sso*p	假睫毛
바디로션	ba.di.ro.syo*n	身體乳液
아이크림	a.i.keu.rim	眼霜
립스틱	rip.sseu.tik	口紅
자외선차단제	ja.we.so*n.cha.dan.je	防曬乳
하이라이너	ha.i.ra.i.no*	修容粉

用餐關鍵單字

아침	a.chim	早餐
점심	jo*m.sim	午餐
저녁	jo*.nyo*k	晚餐
식당	sik.dang	食堂
갈비탕	gal.bi.tang	牛骨湯
감자탕	gam.ja.tang	馬鈴薯排骨湯
감자튀김	gam.ja.twi.gim	炸薯條
아이스크림	a.i.seu.keu.rim	冰淇淋
김치	gim.chi	泡菜

• track 157~158

돌솥비빔밥	dol.sot.bi.bim.bap	石鍋拌飯
떡국	do*k.guk	年糕湯
라면	ra.myo*n	拉麵
미역국	mi.yo*k.guk	海帶湯
볶음밥	bo.geum.bap	炒飯
불고기	bul.go.gi	烤肉
새우초밥	se*.u.cho.bap	蝦子壽司
쇠고기덮밥	swe.go.gi.do*p.bap	牛肉蓋飯
오징어덮밥	o.jing.o*.do*p.bap	魷魚蓋飯
김치볶음밥	gim.chi.bo.geum.bap	泡菜炒飯
단호박죽	dan.ho.bak.jjuk	甜南瓜粥

交通關鍵單字

기차	gi.cha	火車
구급차	gu.geup.cha	救護車
버스	bo*.seu	公車
경찰차	gyo*ng.chal.cha	警車
관광버스	gwan.gwang.bo*.seu	觀光巴士
배	pe*	船
비행기	bi.he*ng.gi	飛機
소방차	so.bang.cha	消防車
쓰레기차	sseu.re.gi.cha	垃圾車
오토바이	o.to.ba.i	摩托車
우주선	u.ju.so*n	太空船
자전거	ja.jo*n.go*	腳踏車

헬리콥터	hel.li.kop.to*	直升機
화물선	hwa.mul.so*n	貨櫃船
운전사	un.jo*n.sa	司機
차표	cha.pyo	車票
하차벨	ha.cha.bel	下車鈴
정류장	jo*ng.nyu.jang	站牌
손잡이	son.ja.bi	手拉環
종점	jong.jo*m	終點站

建築物關鍵單字

여관	yo*.gwan	旅館
민박	min.bak	民宿
호텔	ho.tel	飯店
수영장	su.yo*ng.jang	游泳池
술집	sul.jip	酒吧
빌딩	bil.ding	大樓
아파트	a.pa.teu	公寓
우체국	u.che.guk	郵局
은행	eun.he*ng	銀行
초등학교	cho.deung.hak.gyo	小學
중학교	jung.hak.gyo	中學
고등학교	go.deung.hak.gyo	高中
대학교	de*.hak.gyo	大學
병원	byo*ng.won	醫院
도서관	do.so*.gwan	圖書館

• track 159~160

헬스클럽	hel.seu.keul.lo*p	健身房
경찰소	gyo*ng.chal.sso	警察局
공원	gong.won	公園
극장	geuk.jjang	戲院
노래방	no.re*.bang	唱歌房

電器用品關鍵單字

에어컨	e.o*.ko*n	冷氣
카메라	ka.me.ra	相機
컴퓨터	ko*m.pyu.to*	電腦
텔레비전	tel.le.bi.jo*n	電視
전화	jo*n.hwa	電話
전자레인지	jo*n.ja.re.in.ji	微波爐
세탁기	se.tak.gi	洗衣機
식기세척기	sik.gi.se.cho*k.gi	洗碗機
오디오	o.di.o	音響
오븐레인지	o.beul.le.in.ji	焗爐
보일러	bo.il.lo*	熱水爐
비디오	bi.di.o	錄影機
선풍기	so*n.pung.gi	電風扇
라디오	ra.di.o	收音機
냉장고	ne*ng.jang.go	冰箱
난로	nal.lo	暖爐
디브이디기	di.beu.i.di.gi	DVD 機
드라이기	deu.ra.i.gi	吹風機

엘리베이터	el.li.be.i.to*	電梯
팩스	pe*k.sseu	傳真

百貨購物關鍵單字

백화점	be*.kwa.jo*m	百貨公司
슈퍼마켓	syu.po*.ma.ket	超級市場
편의점	pyo*.nui.jo*m	便利商店
신발가게	sin.bal.ga.ge	鞋店
서점	so*.jo*m	書店
약국	yak.guk	藥局
문방구	mun.bang.gu	文具店
과일가게	gwa.il.ga.ge	水果店
목도리	mok.do.ri	圍巾
신발	sin.bal	鞋子
가구	ga.gu	傢具
가방	ga.bang	包包
재킷	je*.kit	外套
의복	ui.bok	衣服
바지	ba.ji	褲子
스웨터	seu.we.to*	毛衣
운동화	un.dong.hwa	運動鞋
모자	mo.ja	帽子
치마	chi.ma	裙子
구두	gu.du	皮鞋

飲料酒類關鍵單字

요쿠르트	yo.ku.reu.teu	養樂多
우유	u.yu	牛奶
핫코코아	hat.ko.ko.a	熱可可
쥬스	jyu.seu	果汁
사과쥬스	sa.gwa.jyu.seu	蘋果汁
콜라	kol.la	可樂
아이스커피	a.i.seu.ko*.pi	冰咖啡
카푸치노커피	ka.pu.chi.no.ko*.pi	卡布奇諾咖啡
녹차	nok.cha	綠茶
우롱차	u.rong.cha	烏龍茶
홍차	hong.cha	紅茶
밀크홍차	mil.keu.hong.cha	奶茶
맥주	me*k.jju	啤酒
포도주	po.do.ju	葡萄酒
위스키	wi.seu.ki	威士忌
샴페인	syam.pe.in	香檳
소주	so.ju	燒酒
막걸리	mak.go*l.li	米酒
청주	cho*ng.ju	清酒
칵테일	kak.te.il	雞尾酒

自然動物關鍵單字

봄	bom	春天
여름	yo*.reum	夏天
가을	ga.eul	秋天
겨울	gyo*.ul	冬天
구름	gu.reum	雲
바람	ba.ram	風
비	bi	雨
나무	na.mu	樹
꽃	got	花
풀	pul	草
하늘	ha.neul	天空
태양	te*.yang	太陽
달	dal	月
별	byo*l	星
물	mul	水
불	bul	火
하천	ha.cho*n	河川
바다	ba.da	海邊
산	san	山
돌	dol	石
번개	bo*n.ge*	閃電
안개	an.ge*	霧
얼음	o*.reum	冰

서리	so*.ri	霜
눈	nun	雪
이슬	i.seul	露水
천둥	cho*n.dung	雷
무지개	mu.ji.ge*	彩虹
장마	jang.ma	梅雨
이슬비	i.seul.bi	毛毛雨
태풍	te*.pung	颱風
물고기	mul.go.gi	魚
닭	dak	雞
개	ge*	狗
고양이	go.yang.i	貓
쥐	jwi	老鼠
곰	gom	熊
호랑이	ho.rang.i	老虎
양	yang	羊
돼지	dwe*.ji	豬
소	so	牛

C hapter 10

情緒表達篇

1.꺼져 버려!
go*.jo*/bo*.ryo*
滾開。

2.제 생각엔…
je/se*ng.ga.gen
我覺得…

3.정말 죽인다.
jo*ng.mal/jju.gin.da
棒極了。

4.그만 둬요.
geu.man/dwo.yo
算了吧！

5.헛소리 하지 마!
ho*t.sso.ri/ha.ji/ma
別胡説！

6.시치미 떼지 말아요.
si.chi.mi/de.ji/ma.ra.yo
別裝蒜！

7.두고 보자.
du.go/bo.ja
走著瞧。

8.정말 재수 없어요.
jo*ng.mal/jje*.su/o*p.sso*.yo
真倒楣。

9.제가 쏠게요.
je.ga/ssol.ge.yo
我請客。

10. 큰소리치지 마.
keun.so.ri.chi.ji/ma
少吹牛。

11. 정신 좀 차려!
jo*ng.sin/jom/cha.ryo*
打起精神來！

12. 깜짝 놀랐어요.
gam.jjak/nol.la.sso*.yo
嚇一跳。

13. 나랑 상관없어요.
na.rang/sang.gwa.no*p.sso*.yo
不關我的事。

14. 약 잘 못 먹었어요?
yak/jal/mot/mo*.go*.sso*.yo
你吃錯藥啦？

15. 나랑 얘기 좀 합시다.
na.rang/ye*.gi/jom/hap.ssi.da
和我談談吧！

16. 쪽 팔려요.
jjok/pal.lyo*.yo
好丟臉。

17. 나를 건드리지 마세요.
na.reul/go*n.deu.ri.ji/ma.se.yo
不要惹我。

18. 그냥 해본 소리예요.
geu.nyang/he*.bon/so.ri.ye.yo
我只是說說而已。

19. 도대체 무슨 일이에요?
do.de*.che/mu.seun/i.ri.e.yo
到底怎麼回事啊？

20. 좀 더 생각해 볼게요.
jom/do*/se*ng.ga.ke*/bol.ge.yo
我再考慮考慮。

21. 말 조심해요!
mal/jjo.sim.he*.yo
請注意您的言詞！

22. 꿈에도 생각 못했어요.
gu.me.do/se*ng.gak/mo.te*.sso*.yo
做夢也沒想到。

23. 대단할 것 없어요.
de*.dan.hal/go*t/o*p.sso*.yo
沒什麼了不起的。

24. 말 안해도 알아요.
mal/an.he*.do/a.ra.yo
你不說我也知道。

25. 이건 농담이 아니에요.
i.go*n/nong.da.mi/a.ni.e.yo
這可不是開玩笑。

26. 더 이상 못 참겠어요.
do*/i.sang/mot/cham.ge.sso*.yo
再也受不了了。

27. 아무것도 아니예요.
a.mu.go*t.do/a.ni.ye.yo
沒什麼！

28. 당신 차례예요.
dang.sin/cha.rye.ye.yo
換你了。

29. 다 제 탓입니다.
da/je/ta.sim.ni.da
都是我的錯。

30. 지겨워 죽겠어요.
ji.gyo*.wo/juk.ge.sso*.yo
煩死了！

31. 자주 놀러 오세요.
ja.ju/nol.lo*/o.se.yo
請常來玩！

32. 난 싫증이 났어요.
nan/sil.cheung.i/na.sso*.yo
我厭倦了。

33. 눈이 높아요.
nu.ni/no.pa.yo
眼光高。

34. 말대꾸 하지 마세요.
mal.de*.gu/ha.ji/ma.se.yo
請不要頂嘴。

35. 당신 바가지를 쓴 거예요.
dang.sin/ba.ga.ji.reul/sseun/go*.ye.yo
你上當了。

36. 졸려 죽겠어요.
jol.lyo*/juk.ge.sso*.yo
睏死我了。

37. 하나 골라봐요.얼른!
    ha.na/gol.la.bwa.yo//o*l.leun
    挑一個吧！趕快！

38. 죽을래?
    ju.geul.le*
    找死啊？

39. 식기 전에 어서 드세요.
    sik.gi/jo*.ne/o*.so*/deu.se.yo
    快趁熱吃吧！

40. 간단하게 말해봐요.
    gan.dan.ha.ge/mal.he*.bwa.yo
    說簡單一點！

41. 그만 화를 푸세요.
    geu.man/hwa.reul/pu.se.yo
    別生氣了。

42. 끼어들지 마세요.
    gi.o*.deul.jji/ma.se.yo
    請不要插手。

43. 큰일 났어요!
    keu.nil/na.sso*.yo
    慘了！

44. 마침 잘 오셨어요.
    ma.chim/jal/o.syo*.sso*.yo
    您來得正好。

45. 당신 아직도 못 믿는 거예요?
    dang.sin/a.jik.do/mot/min.neun/go*.ye.yo
    你還不信嗎？

超實用的基礎韓語輕鬆學／雅典韓研所 企編.-- 初版.
--新北市 ： 雅典文化,民100.07
面 ； 公分. -- （全民學韓語：03）
ISBN⊙978-986-6282-36-2（平裝）
1. 韓語　　2. 讀本
803.28　　　　　　　　　　　　　　100008470

全民學韓語系列：03

超實用的基礎韓語輕鬆學

企　　編	雅典韓研所
出 版 者	雅典文化事業有限公司
登 記 證	局版北市業字第五七○號
執行編輯	呂欣穎
編 輯 部	22103 新北市汐止區大同路三段 194 號 9 樓之 1
	TEL ／(02)86473663
	FAX ／(02)86473660
劃撥帳號	18965580 雅典文化事業有限公司
法律顧問	中天國際法律事務所 涂成樞律師、周金成律師
總 經 銷	永續圖書有限公司
	22103 新北市汐止區大同路三段 194 號 9 樓之 1
	E-mail: yungjiuh@ms45.hinet.net
	網站：www.foreverbooks.com.tw
	郵撥：18669219
	TEL ／(02)86473663
	FAX ／(02)86473660
出 版 日	2011 年 07 月

雅典文化 讀者回函卡

謝謝您購買這本書。

為加強對讀者的服務，請您詳細填寫本卡，寄回雅典文化；並請務必留下您的E-mail帳號，我們會主動將最近 "好康" 的促銷活動告 訴您，保證值回票價。

書　　名：超實用的基礎韓語輕鬆學

購買書店：＿＿＿＿＿市／縣＿＿＿＿＿＿＿＿書店

姓　　名：＿＿＿＿＿＿＿　生　日：＿＿＿年＿＿月＿＿日

身分證字號：＿＿＿＿＿＿＿＿＿＿＿＿＿＿

電　　話：(私)＿＿＿＿＿(公)＿＿＿＿＿(手機)＿＿＿＿＿

地　　址：□□□＿＿＿＿＿＿＿＿＿＿＿＿＿＿

E - mail：＿＿＿＿＿＿＿＿＿＿＿＿＿＿

年　　齡：□20歲以下　□21歲~30歲　□31歲~40歲
　　　　　□41歲~50歲　□51歲以上

性　　別：□男　　□女　　婚姻：□單身　□已婚

職　　業：□學生　□大眾傳播　□自由業　□資訊業
　　　　　□金融業　□銷售業　　□服務業　□教職
　　　　　□軍警　□製造業　　□公職　　□其他

教育程度：□高中以下（含高中）□大專　□研究所以上

職 位 別：□負責人　□高階主管　□中級主管
　　　　　□一般職員　□專業人員

職 務 別：□管理　　□行銷　□創意　□人事、行政
　　　　　□財務、法務　□生產　□工程　□其他

您從何得知本書消息？
　□逛書店　□報紙廣告　□親友介紹
　□出版書訊　□廣告信函　□廣播節目
　□電視節目　□銷售人員推薦
　□其他＿＿＿＿＿＿＿＿＿＿＿＿＿＿

您通常以何種方式購書？
　□逛書店　□劃撥郵購　□電話訂購　□傳真訂購　□信用卡
　□團體訂購　□網路書店　□其他＿＿＿＿＿＿＿＿

看完本書後，您喜歡本書的理由？
　□內容符合期待　□文筆流暢　□具實用性　□插圖生動
　□版面、字體安排適當　□內容充實
　□其他＿＿＿＿＿＿＿＿＿＿＿＿＿＿

看完本書後，您不喜歡本書的理由？
　□內容不符合期待　□文筆欠佳　　□內容平平
　□版面、圖片、字體不適合閱讀　□觀念保守
　□其他＿＿＿＿＿＿＿＿＿＿＿＿＿＿

您的建議：

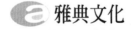